AF748432

www.ingramcontent.com/pod-product-compliance
Lightning Source LLC
LaVergne TN
LVHW010827051026
849532LV00007B/2633

* 9 7 8 9 3 5 8 7 2 9 8 7 0 *

کمرہ بولتا ہے

(افسانے)

مشرف عالم ذوقی

Kamra Bolta Hai *(Short Stories)*
by: Musharraf Alam Zauqi
Edition: November '2025
Publisher :
Taemeer Publications LLC (Michigan, USA / Hyderabad, India)

ISBN 978-93-5872-987-0

کتاب	:	**کمرہ بولتا ہے** (افسانے)
مصنف	:	**مشرف عالم ذوقی**
صنف	:	فکشن
ناشر	:	تعمیر پبلی کیشنز (حیدرآباد، انڈیا)
سالِ اشاعت	:	۲۰۲۵ء
صفحات	:	۱۱۰
سرورق ڈیزائن	:	تعمیر ویب ڈیزائن

فہرست

(۱)	بھوکا ایتھوپیا	6
(۲)	میں ہارا نہیں ہوں کامریڈ	22
(۳)	ہجرت	53
(۴)	مت روسالگ رام	63
(۵)	پربت	79
(۶)	سور باڑی	88
(۷)	کمرہ بولتا ہے	99

بھوکا ایتھوپیا

ٹھک ... ٹھک ... ٹھک ...

یہ کسی کے پیروں کی چاپ نہیں ہے۔ تنہائی میں اکثر ایسا ہوتا ہے جب اپنی اُلجھنیں کوئی صوتی آہنگ پیدا کر دیتی ہیں اور مستقل کانوں کے پاس نگاڑہ سا بجتا رہتا ہے۔ یہ کسی کے پیروں کی چاپ نہیں بلکہ خطرے کا سائرن لگتا ہے جو برابر میرے کانوں میں بج رہا ہے۔ یہ تیسری بار ہے جب میں نے اُٹھ کر سوئچ پر ہاتھ رکھا ہے۔ بلب روشن ہو گیا ہے۔ سوئچ سے ابھی تک ہاتھ ہٹایا نہیں ہے۔ کچھ سوچ رہا ہوں جب کہ اصلیت یہ ہے کہ کچھ بھی نہیں سوچ رہا ہوں۔ صرف اتپلیندو کے بارے میں غور کر رہا ہوں کتنا بجا۔ گیارہ بجنے والے ہیں۔ کم بخت اب تک باہر ہے۔ اتپلیندو نے بی۔ اے فائنل ایئر کا امتحان دیا ہے۔ مگر کسی کمپٹیشن کی تیاری میں نہیں لگا ہے۔ کہتا ہے سب بیکار ہے۔ اسے گورنمنٹ کی چمچاگیری نہیں کرنی ہے۔ پتلا دُبلا اتپلیندو۔ چھوٹے چھوٹے بال۔ بڑی بڑی گمبھیر آنکھیں، اندر کی طرف دھنسا ہوا گال، پھولی ہوئی ناک، جو بعض دفعہ اتنی سُرخ لگتی ہے جیسے کسی نے خون مَل دیا ہو۔ پیروں میں ہوائی چپل ڈالے، جھولتا ہوا، چورلیدہ کُرتا پائجامہ پہنے ... کبھی کبھی رات میں چوروں کی طرح اندر آتا ہے۔ ہلکے سے دروازے پر دوبارہ دستک دے گا۔ یہ ماں ہے جسے ہمیشہ سے اپنے بچے کی آوارہ گردی میں بھی کسی معرکہ کی جھلک دکھائی دیتی ہے ـــــ چُپ چاپ دروازہ کھول دے گی مہا شویتا۔ چوروں کی طرح گردن جُھکائے، اَدھ کُھلے دروازے سے پورا جسم اندر کر دے گا اتپلیندو پھر ماں سے

پوچھے گا۔" پتاجی جاگے تو نہیں؟"

"نہیں رے، چل کھالے ... اتی اتی رات کو گھومتا رہتا ہے تو!"

وہ اپنے کمرے سے دیکھتا ہے۔ اڑتی ہوئی کواڑ سے۔ جہاں اندھیرا ہے اور جہاں سے وہ سب کو دیکھ رہا ہے اور اسے کوئی نہیں دیکھ رہا ہے۔ گویا عمر و عیار کی ٹوپی ہوگئی۔ بہن لیا غائب ہو گئے۔ سب کو دیکھ رہے ہیں اور انہیں کوئی نہیں دیکھ رہا ہے۔ ہاں تو وہ بھی دیکھ رہے ہیں اور مہاشویتا بھی کہ لاڈلے نے بازو میں کچھ داب رکھا ہے۔

"یہ کیا ہے ...؟" مہاشویتا پوچھتی ہے۔

"یہ ___" اپلیندو گھبراتا ہے ..." نہیں ... کچھ بھی نہیں ... کچھ بھی تو نہیں ..."

"کچھ بھی نہیں"۔

"کچھ بھی نہیں ماں ... تم تو جھوٹ موٹ کا شک کرنے لگتی ہو ...؟"

کھانا پروسا جا چکا ہے۔ رسوئی میں کھاٹ لگی ہے۔ پیر ہاتھ دھونے کے بعد پیر سمیٹ کر بیٹھ گیا اپلیندو۔ بڑے بڑے لقمے منہ کے اندر ٹھونس رہا ہے اور مہاشویتا پوچھ رہی ہے۔

"یہ سب نہیں کرنا چاہیئے تھا تجھے ... تیرے پتاجی کی نوکری پر ...؟"

بے جان آوازیں چاروں طرف سے پھر گھیرنے لگی ہیں۔ باہر نکلے تھے گھوش بابو ... دو قدم چل کر پھر اندر کو لوٹے۔ سوئچ پر ہاتھ رکھا۔ کمرہ پھر اندھیرے میں ڈوب گیا۔ مہاشویتا کے کمرہ کی لائٹ بھی بند ہے۔ مگر وہ جانتا ہے۔ مہاشویتا کی آنکھوں میں نیند نہیں ہوگی۔ لاڈلے کا انتظار رہو گا۔ اس کے بے جان پیروں کی چاپ بھی محسوس کر لیتی ہے مہاشویتا۔ بند آنکھوں سے گن ہوگا۔ ایک، دو، تین، چار چکر ہو گئے ہیں باہر کے۔ چھ بار لائٹ جلی ہے۔ گھوش نہیں سوئے اب تک ... پورا حساب چل رہا ہوگا۔ اندھیرے میں لوٹتے ہوئے اپنے بستر پر بیٹھ جاتے ہیں گھوش بابو، بالوں کو کھجلاتے ہیں۔ ہوائی چپل ایک طرف کرتے ہیں۔ سونے کی کوشش کرتے ہیں۔ مگر نہیں۔ نیند نہیں ہے۔ سامنے وہی ہے۔ وہی اتنا سا اپلیندو ... بچپن میں کتنا مارا کرتے تھے وہ۔ پڑھ۔ نہیں پڑھے گا کم بخت۔ کوٹلی کی دوکان کھولے گا۔ تیرے باپ کے پاس کوٹلی کی دوکان کھلوانے کا بھی پیسہ نہیں ہے۔ سمجھا۔ تجھے ڈاکٹر بننا ہے، انجینئر، آئی۔ ایس افسر، جانگھیا پہنے ہوئے اپلیندو مار کھا کر تیز آواز میں

رونا شروع کر دیتا ہے۔ ناک سے نیٹا بہنے لگتا ہے۔ دونوں ہاتھ بٹیا میں کسن جاتے۔

"چھی... چھی... گندہ... تو اپنی ماں سے ہی پڑھ۔ جاہل رہ۔ گنوار... جنگلی..."

مارنے پیٹنے کے جنگلی عمل کے بعد وہ گھڑی دیکھتے۔ کتنا بجا۔ اُف! آٹھ بج گئے۔ دو گھنٹے بعد آفس نکلنا ہے۔ غصّے میں ایک جھاپڑ اور لگاتے۔

"کم بخت پڑھتا نہیں ہے۔"

مہاشویتا کو مچھلی بھوننے کا آدیش دے کر وہ اپنے کمرے میں آجاتے۔ اتپلیندو دیر تک آں... آں کرتا رہتا۔ بیچ بیچ میں مہاشویتا کے بولنے کی آواز آتی رہتی۔ "اتنا کوئی مارتا ہے کیا اپنے بچوں کو۔ تمہیں تو پڑھانے بھی نہیں آتا۔ اتنی عمر ہوگئی، کوئی کام سلیقے کا نہیں سیکھا۔"

مچھلی کی گندھ ناکوں سے ٹکراتی، بنگالی بابو ایک دم سے سب کچھ بھول جاتے۔ اب صرف ایک ہی چہرہ آنکھوں کے آگے گھومتا۔ تلکو لفاڑیئے کا چہرہ... جو صبح ہی آکر ہنگامہ کرتا۔ گھوش دادا... مچھری... ایک دم تازا مچھری... ابھی ابھی سون سے آئی ہے، سون مچھری، دادا...

سون مچھری، بنگال میں سنتے تھے۔ سون کی مچھلیاں ایک دم سونے جیسی ہوتی ہیں۔ کھانے میں بھی سونے جیسی اور یہاں آنے کے بعد، جب سے وہ اس محلّے میں بسے ہیں کباڑیوں کے محلّے میں، اس تلکے نے سون مچھریا کی عادت لگا دی ہے۔ بنگال قحط کے فوراً بعد ان کی بدلی بہار کے اس پھوہڑ ضلع میں ہوئی تھی۔ پھر جو ٹکے تو ٹکے رہ گئے۔ اس بیچ دو بار بنگال چلنے کی بات بھی ہوئی، مگر جو کہتے ہیں، ایک بار ہوا راس آجائے تو... دوسرے دوستوں نے تعجّب کیا، گھوش دادا آپ گئے نہیں؟... ہاں نہیں گیا... وہ تھوڑا غصّے میں کہتے اس میں تعجّب کی بات کیا ہے اور وہاں ہے ہی کون سوائے جھگڑے کے اس گھر کے جس پر دو بھائیوں نے پہلے سے ہی اپنا قبضہ جما کر رکھا ہے۔

گھوش بابو کے اندر تھوڑی کڑواہٹ گھُل جاتی ہے۔ ایک چھوٹی سی زندگی میں کتنے واقعات آدمیوں کا پیچھا کرتے رہتے ہیں۔ بستر پر لمبا لیٹ گئے ہیں گھوش دادا... آنکھوں میں پھر وہی چہرہ ابھرتا ہے، پریمل گھوش کے بچپن کا... اتپلیندو نے ایک جس رُوپ میں جنم لیا ہے۔ ان کا اپنا بچپن ان کے سامنے ہے اور بڑی بڑی گمبھیر آنکھیں سر جھکائے ان سے مخاطب

ہیں۔

"آپ یہ نوکری چھوڑ کیوں نہیں دیتے؟"

کیا ــــــ؟ وہ اچانک سناٹے میں آگئے ہیں۔ نوکری چھوڑ کیوں نہیں دیتے۔ سانند بمباری چل رہی ہے۔

سر جھکائے کھڑا ہے اتپلیندو ــــــ جسے آزادی کہتے ہیں، یہ وہ آزادی نہیں ہے۔ حکومت کی غلامی کرنے میں ہونٹ سی لینا پڑتا ہے۔ ایک کانشس آدمی اپنے ہونٹ کو سی نہیں سکتا، جو ہو رہا ہے پورے ملک میں۔ ہمیں توڑے جانے کی کاروائی کاسٹ اور ریلی جن کے نام پر ہم میں پھوٹ ڈالنے کا ڈراما۔ مذہب سے فائدہ اٹھانے والی سیاسی چالیں۔ ہم اور غلام نہیں بن سکتے حکومت کے۔ سب لوگ اگر چپی سادھ لیں تو نازیوں کی فوج بڑھتی جائے گی ــــــ

اتپلیندو کے چہرے کے مانس پہنچ گئے ہیں۔ اب کسی ہٹلر اور مسولینی کو برداشت نہیں کیا جائے گا۔ آپ یہ نوکری چھوڑ کیوں نہیں دیتے ...؟

وہ ڈھیٹ بنا سامنے کھڑا ہے۔ اب آنکھیں لڑانا بھی سیکھ گیا ہے۔ یہ سب کہاں سے سیکھا ...... گھوش دادا سوچتے ہیں۔ جب پہلی بار معلوم ہوا تھا انھیں، اپنے ہی محلے کے آدمی سے، کہ اتپلیندو کی سنگت بگڑ رہی ہے۔ وہ پوسٹر چپکاتا ہے۔ راتوں کو نکڑ ڈرامے کرتا ہے۔ چیختا ہے۔ حکومت کے خلاف نعرے لگاتا ہے تو پہلی بار وہ بوکھلائے ہوئے گھر آئے تھے۔

"وہ کہاں ہے اتپلیندو کا بچہ؟"

اس وقت اتپلیندو آئی۔اے میں تھا۔ امتحان کی تیاری سے زیادہ اس کا دل ان بیکار سے کاموں میں لگتا تھا۔ سننے میں یہ بھی آتا کہ اسکول بھی نہیں جاتا ہے۔ تھرڈ گریڈ ڈاکیٹومنٹریز میں الجھا رہتا ہے۔ پھر معلوم ہوا وہ کسی آرگنائزیشن سے جڑ گیا ہے۔ جو بڑے پیمانے پر حکومت کے خلاف تحریکیں چھیڑتی رہتی ہے۔ گھوش بابو کا دماغ قابو میں نہیں تھا۔ بس یہی سوچ رہے تھے سامنے نظر آجائے تو چمڑا ادھیڑ کر رکھ دوں اور پھر دکھائی دیا تھا اتپلیندو ننگے ہاتھوں پکڑا گیا تھا ــــــ اپنے کمرے میں، بڑے بڑے پوسٹرس کے ساتھ، جنھیں وہ تہہ لگانے میں لگا تھا۔

ایک ملے کو سکتے میں آ گئے گھوش بابو... اپلیندو اب تک انھیں نہیں دیکھ پایا تھا۔ کچھ پوسٹر دیواروں پر بھی ٹنگے تھے۔ عجیب عجیب تصویریں بنی تھیں۔ بھنچی ہوئی مٹھیاں، سلگتے ہوئے نعرے انقلاب اور انگاروں کی بولیاں بول رہے تھے پوسٹر۔

"یہ... یہ کیا ہے ... آواز لڑکھڑا رہی تھی گھوش بابو کی۔

"یہ ... " اپلیندو جیسے خواب سے جاگا تھا۔

مگر تب تک وہ اپنے وزنی ہاتھوں سے اس کے جسم پر حملہ بول چکے تھے: "بول سور! میری نوکری ختم کرائے گا۔ فٹ پاتھ پر آنا چاہتا ہے کیا! کھائے گا کیا؟ پئے گا کیا! مالوم، سرکار کو مالوم ہو گیا کہ ایک سرکاری آدمی اپنے گھر سانپ پال رہا ہے تو...؟ مالوم ...؟ تو بیت تو ٹھیک ہے تیری! پھنسوائے گا سب کو..."

ہاتھوں اور پیروں کی ٹھوکر سے بچو مر نکل گیا تھا اپلیندو کا۔ مہاشویتا نے آکر شور مچایا۔

"کیا کرتے ہو مار ڈالوگے ..."

"یہ... یہ سب دیکھ رہی ہو، نوکری چلی جائے گی۔ ہم سب فٹ پاتھ پر آ جائیں گے ..."

فرطِ جذبات سے ان کی آنکھوں میں خون اُتر آیا تھا۔ پہلی بار۔ ہاں پہلی بار غور سے انھوں نے مہاشویتا کو دیکھا۔ جو پھٹی پھٹی نگاہوں سے دیواروں پر لٹکے پوسٹر کے مضمون پڑھ رہی تھی۔ جہاں گیت کی پنکتیوں میں، غزل کے مصرعوں میں، پریم چند، نوشن، کارل مارکس، ماؤزے تنگ یا کسی روسی ناولسٹ کی کتاب کے کسی پاراگراف سے انقلاب کی بات کہی گئی تھی۔

مہاشویتا نے پہلی بار مضبوط آواز میں کہا تھا "اس میں غلط کیا ہے؟"

"تمھیں کچھ غلط نہیں دکھ رہا؟"

"کچھ بھی نہیں ــــ"

"یہ حکومت کے خلاف ہے۔ یہ باتیں مجھے جیل پہنچا سکتی ہیں اور تم سب کو فٹ پاتھ پر..."

"آنے دو ــــ" پہلی بار اس گھریلو بنگالن کی آنکھوں میں گھوش بابو نے سلگتی ہوئی نفرت کو محسوس کیا تھا۔ "اتنے غلام ہیں ہم کہ ہماری ہر بات بھی ہمیں نوکری سے نکلوا سکتی ہے تو تھوکتی ہوں ایسی نوکری پر۔ اس میں جھوٹ کیا ہے، غلط کیا ہے؟"

اپلیندو سر جھکائے کھڑا تھا اور گھوش بابو — اب سے برسوں پیچھے چھٹا ہوا منظر دیکھ رہے تھے۔ شرمائی شرمائی سی مہاشویتا... نذرالاسلام کی کسی نظم کے مصرعوں کو گنگنا رہی تھی۔

گھوش بابو نے فخر کی سانس لی تھی۔ بنگالی لڑکیوں کے خون میں یہ خوبی ہوتی ہے کہ وہ غلط اور ناانصافی کو برداشت نہیں کر پاتیں۔ ساہتیہ، ادب انھیں وراثت میں ملتا ہے۔ نذرالاسلام اور رویندر ناتھ ٹیگور کی کویتائیں ایک طرح سے وہ جہیز میں اپنے ساتھ لاتی ہیں۔ اور آج یہی کویتائیں ایک ماں بن کر بول رہی تھیں... تھوکتی ہوں ایسی نوکری پر... اس میں غلط کیا ہے......

جھوٹ کیا ہے...؟

وہ ہار گئے تھے۔ اپنے کمرے میں لوٹتے ہوئے وہ سچ مچ اپنی ہار محسوس کر رہے تھے۔

گھوش بابو تھوڑی آہٹ سن کر چونک گئے۔ مہاشویتا اٹھی تھی۔ بتی جلی تھی۔ شاید گھڑی دیکھنے کے لیے بتی جلائی ہو یا شوچ جانے کے لیے۔ بتی پھر بجھ گئی۔ یعنی گھڑی دیکھنے کے لیے۔ لاڈلے کا انتظار ہو گا۔ ساڑھے گیارہ بج گئے۔ کراہنے اور سانس لینے کی گہری آواز کے بیچ پھر لوٹ جانے کا احساس ہے۔۔ بتی بجھ گئی ہے۔ شویتا پھر لیٹ گئی ہے۔

اتنے سے اپلیندو میں کتنا زبردست چینج آ گیا تھا۔ کتنے دن ہی گزرے ہیں اس واقعہ کو۔ آفس سے لوٹتے ہوئے گوپالی کنواں کے قریب وہ ٹھہر گئے تھے۔ یہ وہ جگہ تھی جہاں اکثر نکڑ ڈراموں کی ریہرسل ہوتی رہتی تھی۔ ہر روز... روزانہ ہی۔ ہاتھ میں چھاتا۔ آنکھوں پر موٹا چشمہ، پیروں میں چپل۔ دھوتی اور کرتا پہنے گھوش دادا ٹھہر گئے۔ جھولتا ہوا چشمہ ناک پر برابر کیا۔ کچھ بڑبڑاتے ہوئے گوپالی کنواں، اسٹیج پر نظر دوڑائی چونک گئے۔ چشمہ ایک بار پھر برابر کیا۔ اندر جیسے آگ لگ گئی۔ یہ تو اپنا اپلیندو ہے۔ اور اپلیندو ایکشن کے انداز میں ایک آدمی کو روک رہا تھا۔

"اے... اس ٹرک میں کیا ہے؟"

"کھانے کا سامان"

"کہاں جا رہا ہے؟"

"جانتا"

جانتا کیوں؟"

سجا فنتا میں لوگ بھوکوں مر رہے ہیں۔ یہ کھانا وہیں پہنچایا جا رہا ہے۔"

"نہیں، نہیں۔"

کچھ لوگ اس طرح کی حرکتیں کرتے ہیں، جیسے ٹرک روک رہے ہوں۔ پھر اتپلیندو اور دوسرے ساتھیوں کی آواز اُبھرتی ہے۔

"ہم بھوکے ہیں۔ ہمارے یہاں بھی ایک ایتھوپیا ہے۔ ہم گھاس کھا رہے ہیں۔ ہمارے تمام شہر کالا ہانڈی بن چکے ہیں۔ ہم مُردہ بلی چوہے کُتے کھا چکے ہیں۔ ہمیں اب انسانوں کو کھانے کی اجازت دو۔ نہیں تو یہ کھانا دو۔ یہ کھانا باہر نہیں جائے گا۔ یہ ہماری محنت کا انعام ہے۔ اسے ہم کھائیں گے۔"

"نہیں نہیں۔" ٹرک والا ہٹلر کے انداز میں انھیں دُور ہٹاتا ہے۔ "کتو، جانورو بھاگو، تم وہی کھاؤگے۔ چوہے۔ بلی۔ وہی تمھارا مقدر ہے۔"

"ہم بھوکے ہیں۔ ہمیں کھانا دو۔"

دوسرا گھگھیائی آواز میں چیختا ہے۔ "لوٹ لو۔۔۔"

سب مل کر چلّاتے ہیں۔ "لوٹ لو۔۔۔ لوٹ لو۔۔۔"

اور سب مل کر ٹرک والے پر حملہ کر دیتے ہیں۔ اور۔۔۔

گھوش بابو کی آنکھوں میں چمک لہراتی ہے۔ لڑکے خوش ہیں۔ ایک قطار میں کھڑے ہیں۔ سُر میں سُر ملا کر گا رہے ہیں۔ "ہم ہوں گے کامیاب۔ پورا ہے وشواس۔" خود بھی گنگناتے ہیں۔

"ہم ہوں گے کامیاب۔ پورا ہے وشواس۔۔۔"

پھر نظر آتا ہے اتپلیندو، جو اُن سے کہہ رہا ہے۔ "آپ یہ نوکری چھوڑ کیوں نہیں دیتے، استعفیٰ کیوں نہیں دیتے۔ آپ یہ نوکری چھوڑ دیجیے۔ برابری کی رسم اس وقت تک پوری نہیں ہوگی جب آپ جیسے تمام لوگ سرکاری نوری سے استعفیٰ دے کر سسٹم کو ٹھیک کرنے کے لیے سنجیدگی سے غور کرنے کو تیار نہیں ہوتے۔ سرکاری نوکری کا مطلب ہے زبان بند۔ گھر کے کمرے میں سڑی گلی دیوستھا کا ماتم منانے سے کچھ نہیں ہوگا۔ جو بھگتنا تھا، پہلے کی نسل بھگت چکی ہے۔ پھر ہم بھگت رہے ہیں۔ آگے کے لوگوں کو بھگتنا نہیں پڑے اس کے لیے۔"

"ٹن... ٹن... ٹن...

کان کے پاس مستقل نگاڑہ بج رہا ہے۔ گھوش بابو کروٹ بدلتے ہیں۔ ٹھیک اسی وقت گھڑی کی سوئی بارہ بجنے کا اعلان کرتی ہے۔

گھوش بابو کا دل دَھک دَھک کرتا ہے۔ اتپلیندو نے اتنی دیر کیوں کی۔ اتنی دیر تو وہ کبھی نہیں کرتا۔ گھر میں لے دے کر صرف دو وجود ہیں۔ چھوٹا سا گھر۔ تین کمروں پر مشتمل۔ اُن کے دوست کہتے بھی ہیں... اے۔ جی آفس میں کام کرنے والا معمولی سے معمولی آدمی بھی اپنا مکان کھڑا کر لیتا ہے... مگر نہیں۔ گھوش بابو بے ایمان نہیں۔ وہ یہ نہیں کر سکتے۔ تبھی تو یہ تین کمروں والا کرائے کا مکان کافی ہے۔ دو جن کی موجودگی میں بھی یہ بھائیں بھائیں کرتا رہتا ہے۔ اتپلیندو سے خود کو الگ کرنا چاہتے ہیں گھوش بابو... ہفتہ بھر پہلے کا ایک منظر ان کی آنکھوں میں اُتر آیا ہے۔ ایک بوڑھا آدمی۔ ایک آنکھ پر ہری پٹی چڑھی ہے۔ چہرے پر دُنیا جہاں کا غم سمیٹے ہاتھ جوڑے سنہا صاحب کی کرسی کے پاس کھڑا ہے...

صاحب... ہمری فائیل... ریٹائر بھے چھ مہینے گذر گئے۔ اب تک پرووِڈینٹ فنڈ اور گریچوئی ٹی کا روپیہ نہیں مل سکا ہے۔"

سنہا بغل والی کُرسی پر بیٹھا ہے۔ ایک لمحے کو فائل سے اُس کی نگاہ اُٹھتی ہے۔

"تم پھر آ گئے۔ بہت پریشان کر دیتے ہو۔ چھ مہینہ کیا یہ بہت زیادہ ہے۔ تمھاری فائل بڑھ رہی ہے۔ اب جاؤ بھی۔ اے جی کے یہاں گئی ہے۔"

"نہیں گئی ہے۔" بوڑھا غصّے میں کہتا ہے۔ "ہم اے۔جی کے پاس گئے تھے۔ وہاں فائیل نہیں گئی ہے۔ بوڑھے کی آواز لرز رہی ہے۔ صاحب، ہم نے آنکھ بنوائی ہے۔ بیوی ٹی۔ بی سے مر رہی ہے۔ دیکھ بھال کرنے والا کوئی نہیں۔ ہمارا حق بنتا ہے صاحب۔ پنشن کا کاغذ۔"

"ایک ہفتہ بعد آنا۔" ٹالنے والے انداز میں سنہا کہتا ہے اور دوبارہ فائیل دیکھنے لگتا ہے۔"

بوڑھا بدبداتا ہوا چلا گیا ہے... گھوش بابو اُٹھتے ہیں۔ سنہا کو دیکھتے ہیں...

"سنہا صاحب! وہ فائیل تو...؟"

"ہاں وہ فائیل میرے پاس ہے۔ اے۔ جی کے پاس نہیں گئی۔"

"تو آپ بڑھاتے کیوں نہیں؟"

سنہا کی نظریں فائیل سے ہٹی ہیں۔ "آپ نہیں جانتے گھوش بابو اس آفس کا کام۔۔" اس لفظ پر زور دیتے ہیں سنہا صاحب۔ "اس کی فائیل بڑھانے سے مجھے کیا ملے گا۔ اس طبقے کے لوگ کسی نہ کسی طرح اپنا گزارہ کر ہی لیتے ہیں۔ ہم نہیں کر پاتے۔ ہم ایک ٹی وی رکھیں گے، ایک فریج۔۔۔ ہو سکا تو وی۔ سی۔ آر بھی۔ مہمانوں کی ان کی حیثیت کے مطابق خاطر داری کریں گے جب کہ یہ لوگ تو رو گا کر۔۔۔ کوئی ضرورت نہیں ہے ہمدردی جتانے کی۔۔۔

مگر وہ بھوکا تھا۔" پتہ نہیں یہ میرے منہ سے کیا نکلا ہے۔ سنہا صاحب ہنس رہے ہیں۔ آنکھوں میں بنگال کا قحط گھوم رہا ہے۔ مردہ آنکھیں۔۔۔ جیسے قبر سے جھانک رہی ہوں۔ کوئی عورت اپنے بچے کو کھا گئی۔ بھوک سے ابلے ہوئے چہرے۔ پورا شہر قبرستان لگ رہا ہے یہ بوڑھا۔۔

کھانستے ہیں گھوش بابو۔۔۔ اور وہ نکڑ ڈرامہ۔۔۔ پورا شہر کالا ہانڈی بن گیا ہے۔۔۔ ہمارے یہاں بھی بستا ہے ایک ایتھوپیا۔ اکیسویں صدی میں لے جانے والے فرفیکس اور بوفورس کے ڈرامے بند کرو۔۔ احتجاجی کیفیت میں اندر جیسے اتھل پتھل مچی ہے۔۔۔ یہ خالی خالی انتڑیاں دیکھو۔۔۔ ان میں راشن ڈالو۔ مرتے ہوئے آدمی کی یہ بے جان آنکھیں دیکھو۔۔۔ جا فنا۔۔ کھانے کا یہ سامان جا فنا نہیں جائے گا۔ ہمارے یہاں بھی بستا ہے ایک ایتھوپیا۔۔۔ یہ ہماری محنت کا انعام ہے۔ پھر کئی آوازیں۔۔۔ لوٹ لو۔۔۔ لوٹ لو۔۔۔"

بھوک۔۔۔ قحط۔۔۔ بیمار چہرے۔۔۔ گھوش بابو رکتے ہیں۔ ہاتھ جوڑتی ہوئی سوئیاں ایک دوسرے سے الگ ہوئی ہیں، کانوں کے پاس ہتھوڑا بج رہا ہے۔ کیا سچ مچ انہیں استعفیٰ دے دینا چاہیے۔ ان کے جیسے تمام لوگوں کو۔ یہ آزادی کے وقت کا زمانہ نہیں۔ سب الگ الگ ہیں۔ مذہب کے نام پر، پارٹی کے نام پر۔۔ پھوٹ پڑ گئی ہے اور انہیں جوڑنے کے لیے، اکائی بنانے کے لیے، اپنے اپنے طرز پر سب کو زبان کھولتے ہوئے انقلاب کی صف میں آنا پڑے گا اور اس کے لیے۔۔۔

گھوش بابو کی آنکھوں میں آج صبح کا منظر لہرا رہا ہے۔ وہی بوڑھا ہاتھ جوڑے گڑگڑا رہا تھا۔ آج آنکھوں پر پٹی بھی نہیں تھی۔ آنکھیں بہہ گئی تھیں۔ بہہ نہیں گئی تھیں۔ پھوٹ گئی تھیں۔ سنہا کی بغل والی

کرسی پر ایک ریٹائرڈ آفیسر بیٹھا ہے۔ سنہا آؤ بھگت میں لگا ہے۔ چائے پیجئے، سر آپ بیٹھ جائیے، میں خود دستخط کرکے منگوا لیتا ہوں۔ بیچ بیچ میں گڑگڑانے اور گھگھیانے کی آواز ۔۔۔ بوڑھے کی ''مائی باپ ۔۔۔ آنکھیں پھوٹ گئیں، دوا دارو نہیں کر سکا صاحب ۔۔۔ ہمرے مائی باپ تم ہی ہو۔ گریجوئی کا روپیہ دلوا دو۔ گھر میں اناج کا ایک دانہ نہیں ہے۔ ایسے ہی سے سائن کروا دو صاحب میرا پیسہ دلوا دو مائی باپ ۔۔۔

ٹکڑے ٹکڑے کتنے آنسو ہیں جو مجھے قبرستان میں دفن کر رہے ہیں۔ سنہا مشینی بن گیا ہے۔ آفیسر نظر اُٹھاتا ہے۔ بوڑھا آدمی بول رہا ہے ۔۔۔

''بس یونہی سر، یہ لوگ سمجھتے ہیں کہ کام ایک ہی دن میں ہو جائے گا''

آفیسر کہہ رہا ہے ''ایک ہفتہ پہلے جب ریٹائر ہوا تو بہت پریشان تھا۔ یوں تو سارے کاغذات ریٹائرمنٹ سے پہلے ہی کلیئر کروا لیے تھے، پھر بھی پریشان تھا۔

''گھبرایئے نہیں سر، چائے پیجئے''

سنہا اُٹھ رہا ہے۔ آفیسر چائے پی رہا ہے۔ اس کے ہاتھ میں فائیل دبی ہے۔ میری کرسی پر وہ آکر ٹھہر گیا ہے۔ چاروں طرف کاغذات اور فائیل کے ڈھیر لگے ہیں۔

''گھوش بابو ۔۔۔ یہ کاغذات آپ ۔۔۔ ارجنٹ ہے'' وہ میری طرف دیکھتا ہے۔

بوڑھے نے اچانک سنہا کے پیروں کو پکڑ لیا ہے اور پیروں سے ہوکر ایکدم اس نے اس کے گلے پر ــــ فائیل میرے ہاتھوں میں کانپ گئی ہے۔ میں نے سختی سے اپنی انگلیاں فائیل پر جما رکھی ہیں۔

بوڑھا پاگلوں کی طرح سنہا سے لپٹ گیا ''یہ خونی ۔۔۔ میری آنکھیں چلی گئیں۔ تمھارے پاس ہے میری فائیل ۔۔۔ میری فائیل نکالو۔ ہم بھوکوں مر رہے ہیں۔ کھانے کو دانہ نہیں ہے'' یہ سنہا ہاتھ جھٹکتا ہے۔ چھوڑو چھوڑو۔ گیٹ آؤٹ فرام ہیئر۔ بوڑھا رو رہا ہے۔ اس کے آنسو بہہ رہے ہیں۔

گھوش دادا سسکیاں لے رہے ہیں۔ ناکارہ حکومت، حکومت کے ناکارہ ٹھیکیدار۔ وہ فائیل اب بھی ان کے پاس پڑی ہے۔ وہ اے۔ جی کے حوالے نہیں کر سکے۔ آنکھوں میں مرتا ہوا بنگال ہے۔

اور دوسری طرف وہ بوڑھا، جس کی ایک آنکھ کی روشنی ختم ہو گئی ہے۔ کل وہ پٹیاں چڑھانے آیا تھا اور آج ... کھانا جافنا جا رہا ہے۔ اپنی سسکیاں وہ خود سُن رہے ہیں۔ شہر شمشان بن رہا ہے۔ مرگھٹ، جہاں صرف مُردے جل رہے ہیں۔ ہاہا کار کرتے ہوئے شعلے آسمان چھو رہے ہیں اور اس شعلے میں سب جھلس رہے ہیں۔ وہ بھی، مہاشویتا بھی، اتپلیندو بھی اور سارے کے سارے ... شعلے آسمان چھو رہے ہیں۔

مہاشویتا کے اُٹھنے کی آواز پھر ہوئی ہے۔ چوکیدار نے ایک کا گھنٹہ پول پر مارا ہے۔ گھوش بابو کا دل رہ رہ کر دھڑک رہا ہے۔ مہاشویتا آہستہ آہستہ چلتی ہوئی ان کے دروازے پر آ کر ٹھہر گئی ہے۔ کسمسا کر وہ بھی اُٹھنا چاہتے ہیں۔ بدن کی ہڈیاں زوروں سے چرمرا اُٹھی ہیں ... آہ... ہ... ہ...!

چُپ چاپ کوئی سوئچ کے پاس آ کر کھڑا ہو گیا ہے۔ بتی جل گئی ہے۔ موت جیسی سفیدگی اوڑھے کھڑی ہے مہاشویتا۔ ہونٹوں پر سوال...

"اتپلیندو کے بابو سو کیوں نہیں جاتے ...؟"

"سو..."

آنکھوں میں پرچھائیوں کا رقص شروع ہو گیا ہے۔ گھوش دادا بڑبڑاتے ہیں۔ اتپلیندو"

بوڑھی آنکھوں سے ایک کراہ پھوٹتی ہے "صبر کیوں نہیں کرتے ہو تم۔ اب کیا اتپلیندو کو مرگھٹ سے لاؤ گے۔ سو جاؤ۔ آنکھیں بند کر لو۔"

"مرگھٹ ... سو جاؤ ... آنکھیں بند کر لو ——" آنکھوں میں نمی اُتر رہی ہے منجمد ہو گئے ہیں گھوش بابو۔ اپنی جگہ ساکت و جامد۔ لکوا مار گیا ہے پورے بدن کو...

آنکھوں میں کتنی جلد کتنے منظر ایک ساتھ بدلنے شروع ہو گئے ہیں...

اِتنے سے اتپلیندو کی آنکھوں میں پہلی بار خون دیکھا تھا۔ ڈھیر سارا خون ... شاید جو خون سڑکوں پر بہہ گیا تھا، گلیوں میں پھیل گیا تھا وہ پورا پورا خون اتپلیندو نے اپنی آنکھوں میں بھر لیا تھا۔ اس دن گوپالی ٹاور پر اتپلیندو اور اس کے دوستوں کا نکڑ ناٹک چل رہا تھا۔ یہ ان ہی دنوں کی بات ہے جب شہر کی فضا خراب ہوئی تھی۔ کافی لوگ مارے گئے تھے۔ کرفیو لگا رہا تھا۔ پھر کرفیو ٹوٹا۔ اتپلیندو اور اس کے دوستوں کو باہر ٹہلتے ہوئے دیکھ کر وہ چونک گیا تھا۔

"سالے جھوٹ بولتے ہیں۔ چار مارے گئے۔ پورا محلّہ پھونک دو۔ محلّے میں کیا چار ہی لوگ ہوتے ہیں؟"

"وہ کہتے ہیں جتنی لاشیں ملیں گی، گنتی بھی اتنی ہی ہوگی۔ لاشیں ابھی صرف چار ملی ہیں۔"

"جھوٹ ــــ ناکے بندی کر رکھی ہے سالوں نے۔ پورا دن جس محلّے سے دھواں اُٹھتا رہا ہو وہاں صرف چار لاشیں نہیں ہو سکتیں۔۔؟"

اور گوپالی ٹاور کے بیچ پر اُن لڑکوں کا ناٹک چل رہا ہے۔ پتہ نہیں کیا جی میں آیا کہ گھوش بابو بھی ناٹک دیکھنے والوں میں شامل ہو گئے ہیں۔

ہاتھوں میں ہاتھ ڈالے چار لڑکے نظر آتے ہیں۔

ایک آدمی پیچھے سے آتا ہے، روکنے کے انداز میں ... "اے بھائی ٹھہر جاؤ... رُک جاؤ..."

چاروں ــــ "کیا بات ہے؟ بات کیا ہے؟"

وہی آدمی۔ "تم لوگ کون ہو۔ کون ہو تم لوگ..؟"

چاروں (مسکراہٹ اور طنز سے) "ہم ــــ ہم ہندو مسلم سکھ عیسائی۔ سب آپس میں بھائی بھائی۔"

"بھائی بھائی؟" وہی آدمی ہنستا ہے... "ابھی جو احمد نے پنڈت کا گھر جلایا اور پنڈت نے احمد کے گھر والوں کو گولیوں سے بھون دیا۔ وہ لوگ کون تھے۔ کون تھے...؟"

چاروں (ایک دوسرے کی طرف دیکھتے ہوئے) وہ... ہم نہیں تھے۔ ہم تو دوست ہیں۔ ہم تو ایسا سوچ بھی نہیں سکتے۔"

وہی آدمی۔ تم لوگ سچ مچ دوست ہو۔

چاروں (ایک ساتھ) ہاں۔

آواز ــــ تم لوگ ایک دوسرے کے خلاف باتیں کرتے ہو؟"

چاروں (زور سے) کبھی نہیں...

آواز ــــ پھر وہ کون ہے۔ کون ہو سکتا ہے...

آواز گونجتی ہے۔ اچانک پیچھے سے کھادی کا کُرتا پائجامہ پہنے اور ٹوپی لگائے ایک شخص بھاگتا ہوا آتا ہے اور مسخری کے انداز میں بھاگنے کی ایکٹنگ کرتا ہے...

چاروں — وہ یہی ہے... یہی شخص... یہی ہو سکتا ہے...

اب پانچوں مل کر، پکڑو اُسے — پکڑو... جانے نہ پائے۔

بہت دیر تک بھاگنے اور پکڑنے کی ایکٹنگ ہوتی ہے۔ آخر کو وہ کھادی دھاری فرار ہو جاتا ہے۔

پانچوں — بھاگ گیا۔

ایک — اب وہ دوسرے شہر جائے گا۔

سب مل کر۔ آؤ اُسے تلاش کریں۔ اُسے تلاش کرنا بہت ضروری ہے...

وہ لوگ اسٹیج سے اتر جاتے ہیں۔ اسی بیچ۔ اسٹیج پر دائیں اور بائیں طرف سے دس بیس آدمی بھوت کا ماسک لگائے داخل ہوتے ہیں۔ ان کے گلے میں ایک بورڈ جھول رہا ہے جس پر لکھا ہے۔ بھوکا ایتھوپیا... یہ بورڈ جھول رہا ہے۔ یہ جسم کو عجب عجب طرح سے حرکت دے رہے ہیں...

کورس — ہم بھوکے ہیں۔

— ہم ننگے ہیں...

ایک — ایتھوپیا مر رہا ہے۔

دوسرا — یہاں کا ہر شہر کالا ہانڈی ہو رہا ہے۔

تیسرا شخص مُنہ سے ایروپلین کے چلنے کی آواز نکالتا ہے۔ سب مل کر آسمان کی طرف دیکھتے ہیں "یہ وہ کیا جا رہا ہے؟"

اُن ہی میں سے ایک (جھولتے ہوئے) راحت کا سامان، کھانے کا سامان، جا رہا ہے۔ باہر جا رہا ہے...

سب مل کر — راحت کا سامان باہر جا رہا ہے، کہہ کر بدن کو حرکت دینے لگتے ہیں۔

اسی درمیان اسٹیج پر وہ کھادی دھاری دوڑتا ہوا پریشان حال چڑھتا ہے۔ اب وہ

چاپلوسی کے انداز میں ان بھوکے بھوتوں کو دیکھ رہا ہے جو مسلسل ہل رہے ہیں۔ پیچھے پیچھے وہ پانچوں بھی داخل ہوتے ہیں۔ ایک، پکڑ لو اسے جانے نہ پائے۔ یہ سارے فساد کی جڑ ہے۔"

پانچوں مل کر؟ یہ آگ لگاتا ہے۔ گھر توڑتا ہے۔"

سارے بھوت مل کر، ہم بھوکے ہیں . . .

ہم ننگے ہیں . . .

اور اسی کے ساتھ سب مل کر اس کھادی دھاری کو گھیر لیتے ہیں۔ ایک گولائی سے . . . اور اب . . . اسٹیج پر کڑ کڑ کڑ کڑ کی آواز گونج رہی ہے۔ جیسے بہت دنوں سے بھوکے لوگ آدمی کے گوشت کھانے پر اتر آئے ہیں۔ ایک بھیانک چیخ کھادی دھاری کی . . . اور . . .

گھوش بابو اوپر سے لے کر نیچے تک کانپ گئے ہیں۔ اُف بھگوان، یہ لڑکا تو . . . کیا بھیانک ناٹک ہے۔ اب سب لڑکوں کا کورس چل رہا ہے۔ ہم ہوں گے کامیاب، پورا ہے وشواس۔ اپنا ہے وشواس . . . ہم ہوں گے کامیاب ایک دن "

گھوش بابو چپاتا سے زمین کو ٹرتے ہیں۔ ہاتھ کا مُکا بنا کر پیشانی پر دھیرے سے مارتے ہیں۔ اسی شام خبر آتی ہے اتپلیندو کو اور اس کے کچھ دوستوں کو پولیس نے شر پسندی کے الزام میں گرفتار کر لیا ہے۔

چوکے پر بیٹھتے ہوئے مچھری کی گندھ بھی بری لگ رہی ہے۔ مہاشویتا صرف ٹکر ٹکر ان کا چہرہ دیکھ رہی ہیں۔

"کچھ کہتے کیوں نہیں۔ کیا بات ہے؟"

وہ کیا بتائیں کہ انھوں نے کیا دیکھا۔ ایک ایسا خطرناک ناٹک جس نے پورے جسم کی چولیں ہلا دی ہیں۔ ننگے بھوکے ایتھوپیا کو . . . ہندوستان کو۔ اتپلیندو کو اور بھوک سے آدم خور ہونے اپنے جیسے انسان کو . . . کہیں کچھ ٹھنڈا پن ہے ورنہ حکومت سب کچھ دیکھتے ہوئے اتنی کھلی چھوٹ نہیں دیتی۔ وہ جانتی ہے۔ بھونکنے سے کچھ نہیں ہونے والا اتپلیندو کی ماں . . ."

باہر کچھ کھسر پھسر ہو رہی ہے۔ چار نہیں چالیس مارے گئے۔ سالے جھوٹ بولتے ہیں۔ سفید جھوٹ۔

دروازہ کھولتے ہیں گھوش بابو۔ اسی روز، رات کا واقعہ، لڑکوں کی آنکھوں میں موت جیسا سناٹا۔

"کیا ہے ـــــ؟"

پیچھے پیچھے ڈری سہمی مہا شویتا کھڑی ہے۔ شاید وہ گھڑی آگئی۔ ایک بوڑھے باپ کی تقدیر میں جسے بھیانک کہا گیا ہے۔ مگر وہ تیار ہیں۔ ہر چیز کے لئے۔ اس ناٹک کا انت دیکھنے کے بعد۔

"کیا ہے؟"

"اپلیندو۔۔۔ پولیس کی گولی سے۔۔۔"

ٹن ٹن۔۔۔ ٹن ٹن۔۔۔

سناٹا۔ بھیانک سناٹا۔ دور تک سناٹا۔ اور اس سناٹے میں سنائی دے رہی ہے صرف پولیس کے قدموں کی چاپ۔ رتھ یاترا نکلے گی۔ نفرت یاترا نکلے گی۔ موت یاترا نکلے گی اور غصے میں آیا ہوا کوئی اپلیندو، پولیس کو بندوق کے کندے سے مار دے گا۔ بدلے میں پولیس کے جوان اسے گولیوں سے بھون دیں گے۔ اور فساد میں مرنے والوں میں ایک نام اور شامل۔۔۔

سناٹا۔ بھیانک سناٹا۔ اس سناٹے کا کوئی انت نہیں ہے۔

رات ڈوبتی جا رہی ہے۔ اپلیندو مرگھٹ سے نہیں آئے گا۔

کھٹ کھٹ۔۔۔ کھٹ کھٹ۔۔۔ کھٹ کھٹ۔۔۔

یہ کسی کے قدموں کی چاپ نہیں ہے۔ تنہائی میں اکثر ایسا ہوتا ہے جب اپنی الجھنیں مل کر کوئی موتی آہنگ پیدا کر دیتی ہیں۔ گھڑیال نے تین کا گھنٹہ مارا ہے۔ اب اس کے بعد وہ کوئی گھنٹہ نہیں مارے گا۔ ایک گھنٹہ بعد صبح ہو جائے گی۔ کانوں کے پاس اتنا سا اپلیندو ننگا ڑ لیے بیٹھا ہے۔ آپ استعفیٰ کیوں نہیں دیتے۔ کیوں نہیں دیتے۔ سنہا بیٹھا ہے۔ یس سر۔ چائے پیجئے۔ بوڑھے آدمی کی آنکھ بہہ گئی ہے۔ صاحب میرا اگر بھوتی کا روپیہ دلوا دو۔ گھر میں ایک دانہ اناج نہیں۔ میری آنکھ بہہ گئی صاحب اور۔۔۔

شمشان سے نکلے ہوئے بہت سے مردے گلے میں بھو کا ایتھوپیا کا بورڈ لگائے ناچ رہے ہیں۔ رقص کر رہے ہیں۔

چار بجے گا۔ پھر صبح ہو جائے گی۔ اور پھر شروع ہوگا۔ روزانہ کا کاریہ کرم۔ وہ بوڑھا آنکھوں میں آہستہ آہستہ اترتا ہے اور پوری جگہ گھیر لیتا ہے۔

اچانک سوتے میں اُن کے ہاتھ ٹائپ رائٹر مشین پر چلنے لگتے ہیں ...

''کھٹ ... کھٹ ... کھٹ ... میں ... آزاد ... کھٹ کھٹ ... ہونا چاہتا ہوں۔ کھٹ ... ہاتھ پیر مُنہ ... کھٹ ... پورے وجود کے ساتھ ... کھٹ ... آزاد ... کھٹ ... کھٹ ... میں اس نوکری سے ..؟

کھٹ ... کھٹ ...

آواز گونج رہی ہے۔

آواز مُستقل گونج رہی ہے۔

آواز پورے اعصاب پر سوار ہو گئی ہے۔

تناظر ۱۹۸۹ء ◆◆

میں ہارا نہیں ہوں کامریڈ

'ساتھی'... ٹہلتے ٹہلتے اچانک اُس نے مجھے صدا لگائی تھی ... ٹھہرا تھا ... پھر میری طرف دیکھا۔ ایک منٹ کے لئے ٹہلنا بند۔ اب جیسے وہ کچھ سوچ رہا تھا۔ میری طرف دیکھتے ہوئے بھی اس کی آنکھیں کسی اور ہی منظر میں گُم لگ رہی تھیں۔ ایسا ہر بار ہمیشہ ہی اس کے ساتھ ہوتا۔

'ساتھی'... اس نے یہ لفظ پھر دُہرایا۔ اتنے ہلکے سے کہ ایک پل کو لگا جیسے اس چھوٹے سے کمرے میں اُسے میری موجودگی کا احساس تک نہ ہو اور یہ لفظ بھی جیسے وہ خود سے بولا ہو۔ خود سے بھی ڈرتے ڈرتے اور اٹکتے ..... ساتھی ... کہہ کر اس نے چھوٹے کمرے کا ایک راؤنڈ پھر لیا۔ اور اس چھوٹے سے سامان کو دیکھا جسے وہ صبح سے ہی تہیانے اور باندھنے میں لگا تھا۔ ایک پُرانی چادر کی بڑی سی گٹھری تھی، جس میں اس نے اپنے مطلب کی کچھ پُرانی میگزینس، ضروری اخبارات کی فائلیں اور کتابیں رکھی تھیں۔ ساتھ میں کچھ گندے میلے کپڑے بھی تھے جسے دلّی آنے کے بعد اُس نے شاید ہی کبھی پہنا ہو یا پہننے کی ضرورت محسوس کی ہو۔ ایک بار پھر گٹھری کی گانٹھ کو دیکھ کر اطمینان کر لیا کہ ٹھیک بندھی ہے یا نہیں۔ اُٹھانے پر کھُل تو نہیں جائے گی۔ دوسرا سامان چمڑے کا ایک پُرانا بکسا تھا، جس کی تاریخ بابو جی سے جُڑی تھی۔ یہ بابُو جی کے اسکول کے زمانے کا بکسا تھا۔

ہینڈل تک تو ٹھیک تھا، لیکن قلابہ خراب ہو چکا تھا۔ اس لے تالا بند کرنے کا تو سوال ہی نہیں اُٹھتا تھا۔ ایک منٹ کے لئے پُرانے اتہاس سے جُڑے اس بکسے پر پیار آیا اُسے۔ کچھ سوچ کر آنکھیں بھی گیلی ہو گئیں۔ فرطِ جذبات سے بکسے پر جمی گرد کو اُنگلیوں سے ہاتھ میں لے کر دیکھا اُس نے۔ کچھ پُرانی یاد جُڑی تھی، جو اُسے بھیتر سے بھگو گئی تھی۔ پر اتنا کم ہمت بھی نہیں تھا وہ کہ رو دیتا یا آنسو نکل آتے۔

ایکدم سے اچانک مہانگری کے اس تھرڈ گریڈ ایمپلائز کوارٹرز کے اس حبس دیتے کمرے میں بابو جی اُمڈ آئے۔۔۔ کھڑے ہو گئے۔ آنکھوں میں بکسے سے جُڑی تاریخ کو بتاتے ہوئے چمک سی آگئی۔۔۔

معلوم، اس بکسے کو لے کر پہلی بار امتحان دینے پٹنہ گیا تھا۔ تب پٹنہ جانا بہت بڑی بات تھی۔ آج کی طرح نہیں۔ وقت بہت بدل گیا۔ اس بکسے کو خریدنے کے لئے پیسہ بھی بابو جی نے دیا تھا پھر ڈانٹ پلائی تھی۔

کل امتحان دینا ہے کہ نہیں رے۔۔۔ بکسا لے آ۔۔۔ ضرورت کے سب سامان رکھ لے۔

اور سفر بھی کیسا۔۔۔ آرہ سے پٹنہ۔

یعنی دو گھنٹے بھی نہیں لگتے۔

پُرانی یادوں کے اس اچانک کے اسپرش سے وہ بکسے کی گرد اُنگلیوں سے صاف کرنے لگتا ہے۔ وہیں پڑے گندے میلے کپڑے سے۔۔۔ پُوری لگن سے اپنے کام میں جُٹا ہوا۔

کتاب سے نظر اُٹھا کر جب جب اس منظر میں پُوما پُورا گم ہونے کی خواہش ہوتی ہے میری۔ زمین پر بچھی ہوئی چادر۔۔۔ کل تک اس چادر کے سامنے ہی دوسری طرف دنیئے بہاری کی چادر بچھی رہتی تھی۔ کنارے کچھ کتاب، میگزینس، پانی کا مگ، پائیتانے ایک صراحی، پلاسٹک کی بالٹی، دیوار پر ٹنگی ہوئی رویندر ناتھ ٹیگور کی اور غالب کی تصویریں۔ انھیں کے پاس پریم چند کے گئودان کا پہلا صفحہ بھی تھی جو کہیں سے

اُٹھا لایا تھا وہ، کسی دوست کے پاس سے۔ اور بندھے ہوئے سامان، بندھی ہوئی گٹھری ... اور کمرے میں پھیلی اُمس، خاموشی ... سب ہی اس بات کا اشارہ دے رہے ہیں کہ اس کمرے کے ساتھ کوئی غیر معمولی حادثہ ہونے کو ہے .... کتابوں میں نظریں جھکائے ہوئے بھی، کتابوں میں اُگے لفظ ذہن میں ہلچل نہیں مچاتے۔ بلکہ یہاں تو پوری پوری ونئے کو دیکھنے کی کارروائی ہے، جو پرانی یادوں سے پل پل جڑتا ہوا معمہ پہیلی جیسا ہی دِکھ رہا ہے۔ اب وہ بکسے کے دوسرے سرے پر بندھی ہوئی رسّی کی گانٹھ کو دیکھ رہا ہے جیسے سفر کے دَوران اُنھیں اُٹھا پائے گا یا نہیں؟ ایک دوبار رسّی کی گہرائی کا اندازہ کرتے ہوئے ... چمڑے کے بکسے کو ہلا ڈلا کر دیکھ چکا ہے وہ۔ اب مطمئن ہے ... ہاں اُٹھا سکتا ہے۔ بس اسٹیشن کی سیڑھیاں ہی تو پھلانگنی ہیں ... ہو جائے گا ... اب ایک بار پھر وہ اس کی طرف دیکھ رہا ہے۔ ساتھی ...

پھر ویسی ہی دھیمی آواز۔ ایک پل کو لگا، کچھ کہنا چاہتا ہے۔ ونئے ہماری کتابوں میں مُنہ دیئے رہنا ٹھیک نہیں ہے۔

اخلاقی طور پر بھی ... نہ چاہتے ہوئے بھی نظر اس کی آواز کی سمت اُٹھائی ... کچھ اُداس سا لگا وہ، یا ٹوٹا ہوا سا ...

ساتھی ... اب ہنسا ہے وہ۔ کچھ بولنے سے پہلے یہ اُس کا ہمیشہ سے ایک خاص انداز رہا تھا۔ پہلے جی کھول کر ہنس لیتا۔ پھر اپنی بات کہتا۔ چہرہ پھر سنجیدگی کی آڑی ترچھی لکیروں میں بٹ گیا ہے۔ جیسے وہ اب شبد جوڑ رہا ہے ... اپنے منشا پر آنا چاہتا ہے ... اور اس کے لئے جیسے اُس کے اندر کے آدمی کو بہت ہمّت کرنی پڑ رہی ہو ...

٭ میرے اندر بھی ایک طرح کا ناسٹیلجیا ہے ساتھی۔ گاؤں واپس لوٹ رہا ہوں تو یہاں مہا نگری اور تم سب کی یادیں۔ رُلیا (رُلا) دُنیا چاہتی ہیں مجھے، مگر میں بھی کم اکڑ فوں نہیں ہوں۔ ایسے جذبات کو تو میں خاطر میں بھی نہیں لاتا ساتھی۔ ارے اپنے آنسو ہیں ... ان پر اپنا بھی حق نہیں، جب چاہا بہہ گئے ... کیوں ساتھی ... وہ

پھر ہنس رہا ہے ۔۔۔ پر ایک بات ہے ساتھی ۔۔۔۔ لوٹنے کا دُکھ نہیں ہے مجھے۔ کوئی دُکھ نہیں ہے۔ آخر گاؤں کی سوندھی مٹی ہی تو بلا رہی ہے ۔۔۔ پر یہاں جو چھوڑے جا رہا ہوں اس کا دُکھ ہے مجھے، جو ساتھ لئے جا رہا ہوں۔۔۔۔ اس کا دُکھ ہے مجھے۔ ۔۔

وہ پھر ہنسا اور مضبوطی سے باندھے گئے چمڑے کے بکسے پر بیٹھ گیا۔ چھوٹے سے گاؤں میں دیکھے گئے جن سپنوں کے ساتھ یہاں آیا تھا، وہ سب ایسے ہی یہاں کی مٹی میں ویسے کا ویسا چھوڑے گاؤں لوٹ رہا ہوں ۔۔۔ سوچتا ہوں کتنے دن گزرے یہاں ۔۔

" چھ سال کچھ مہینے ۔ تب چلا تھا گاؤں سے ۔۔۔ گاؤں جانے کے بعد سوچوں گا۔ یہ چھ سال کچھ مہینے میری زندگی میں کبھی آئے ہی نہیں ۔۔۔ کیوں ساتھی ۔۔۔ اب کچھ برا نہیں تو پریشان کیا ہونا ۔۔۔ ماتھا کیا کھانا ۔۔۔ " لوٹ کے بدھو گھر کو آئے " والی کہاوت کیوں نہیں، مانتا ساتھی۔ آخر کو اپنا گاؤں ہے ۔۔۔۔ بابوجی ہیں ۔۔۔۔ ماں ہے ۔۔۔۔ کھیتی کر لوں گا ۔۔۔۔ کچھ بھی ۔۔۔۔ کہہ کر پھر جیسے اُس نے مضبوطی اوڑھنی چاہی تھی ۔۔۔۔ اس بار لفظ کو کھینچ کر پوچھا تھا اس نے ۔۔۔ کیوں ساتھی ۔۔۔ ہے نا۔ آخر ہم قلم چلانے والے چھینی اور کدال کیوں نہیں اُٹھا سکتے۔ ڈگریوں میں مٹی کیوں نہیں ڈھو سکتے۔ کہیں کوئی سمجھوتہ ہے کیا کہ جو قلم اُٹھائے گا وہ ہل نہیں چلائے گا۔ ہمارے یہاں یہی سب کمی ہے ساتھی۔ اس لئے پڑھ لکھ کر بھی ہم اَن پڑھ کے اَن پڑھ رہ جاتے ہیں اور اسی لئے ۔۔۔۔

اب وہ چمڑے کے بکسے سے پیر جھاڑتا ہوا اُٹھ کھڑا ہوا ہے اور اسی لیے کبھی یہاں اچھی تبدیلی کی امید نہیں کی جاسکتی۔ اس لئے کہ ہم سب نے اپنے آپ کو ایک محدود دائرے میں قید کر لیا ہے۔ ہم نے چاند سے روٹی تک کی جو منزل طے کی ہے وہاں بنے بنائے راستے ہی جاتے ہیں۔ نئے راستوں کی دھار نہیں جاتی۔ غلطی یہی ہوتی ہے ساتھی ۔۔۔

ذرا ٹھہر کر پوچھتا ۔۔۔۔ " نیند آرہی ہے کیا ساتھی ؟ "

" نہیں "

" مجھے لگتا ہے شاید کچھ دنوں تک میری غیر حاضری کا احساس رہے گا تمہیں بھی۔

جھیلے گا بھی تمہیں۔۔۔ لیکن بس کچھ دنوں تک۔ وہ میری طرف مڑا ہے۔ شاید منڈی ہاؤس میں بھی کچھ دنوں تک چرچے کا موضوع بنا رہوں۔ پھر سب ٹھیک ہو جائے گا۔ روزمرہ کی مشینی کارروائی سب کچھ بھلا دے گی۔ مجھے بھی۔ میرے ساتھ کو بھی۔ کیوں ساتھی تم بھی بھول جاؤ گے نا؟"

پتہ نہیں وہ ہنس رہا ہے یا جانے کے پاگل کر دینے والے احساس کی چبھن سے سُلگ رہا ہے۔ صرف اس کی طرف دیکھے جا رہا ہوں۔ ہاں اس سوال میں، مہانگری میں جھیلے گئے چھ سال کچھ مہینوں کی پوری پوری چبھن قید ہے۔۔۔ اس لئے کہ اتنے برسوں میں دنیئے کے سب سے زیادہ قریب میں رہا ہوں۔ اس لئے اسے دوسروں سے زیادہ جاننے کا بھی مجھے ہی ہوتا ہے۔۔۔ شاید ایسا ہے۔۔۔۔ اس کے جانے کا دُکھ مجھے بھی ہے۔۔۔ جو آج رات سے ہی عجب طرح سے اندر گھمڑ رہا ہے۔ جو اچانک سناٹے کی طرح وجود کے ریشے ریشے میں اُتر کر اس اکلوتے کمرے کی بھیانک سناٹگی دکھا کر پوچھتا ہے کہ کل یہاں دنیئے نہیں ہوگا، کیا؟ نہیں ہوگا کا مطلب تو بہت گہرا ہے۔۔۔ تب کیا ہوگا؟ تب کتنا فرق پڑے گا روزمرہ کے معمول میں۔ تب کتنا بٹو گے تم زندگی کے اصولوں میں، قاعدے میں، قانونوں میں؟ دنیئے کے نہیں ہونے کا مطلب تو بہت گہرا ہے اور اس گہرائی نے اندر تک سناٹے کا جال بن دیا ہے۔۔۔" ساتھی تم بھی بھول جاؤ گے نا۔۔۔؟

لگتا ہے اس کے ہونٹوں پر ایک عجیب سی معصومیت اُتر آئی ہے۔ یہاں کے کولاہل شور، مشینی ہونے کے دُکھ، وجود میں گھلتی ملتی کڑواہٹ، پہچان کی تلخی اور چھ سال کے بٹنے، ٹوٹنے اور فرسٹریشن سے چرائی مسکراہٹ کے لگاتار اُدھار لینے والے لمبے سلسلے کے بعد ایک دم سے آج پرانی کھوئی مسکراہٹ جیسے اُسے واپس مل گئی ہے۔۔۔۔

آہستہ سے بولا ہے وہ "ساتھی تم بھول جاؤ گے تو دُکھ ہوگا مجھے"

اچانک جیسے کوئی تیز چیختی ہوئی شتابدی ایکسپریس پلیٹ فارم سے گزر گئی ہو۔ اتنا کہہ کر وہ باہر نکلی ہوئی چادر کو جھاڑنے میں لگ گیا۔ اب وہ بے من سے کچھ گنگناتا ہوا چادر بچھا رہا ہے۔ ایکسپریس میرے اندر اب تک گھڑگھڑا رہی ہے۔۔۔ چیخ رہی ہے

... تب ویسے ہی چھ سال کچھ مہینے پہلے منڈی ہاؤس میں ونئے سے میرے دوست روشن نے ملاقات کرائی تھی۔

"یہ ونئے ہے ... ونئے بہاری ... تمہارے بہار سے آیا ہے۔"

میں تپاک سے ملا تو روشن اچانک مجھ پر ٹوٹ پڑا "سالے تیرے اندر صوبائیت بہت زیادہ ہے ... بہاری ہے نا۔ اب پوچھے گا کہاں سے آیا ہے۔ کہاں کا رہنے والا ہے۔ دراصل تجھے آدمی کے ہونے سے مطلب نہیں، اپنے وطن، اپنے علاقے کا ہونے سے زیادہ مطلب ہے۔ ہے نا؟"

"ایسا نہیں ہے پیارے۔" میں ٹھٹھا مار کر ہنسا تھا۔ دراصل یہاں رہ کر اپنے شہر کی مٹی کی بُو باس بھی بھول جاتے ہیں ہم۔ کوئی اپنے وطن سے آیا ہے، تو لگتا ہے اُس نے وہ گلیاں، وہ رستے دیکھے ہوں گے جہاں شناسا سا نظر بستی ہیں۔ ایک ایک چہرہ اپنا لگتا ہے۔ بوڑھی جھریوں والا، شفقت دیتا ہوا ... بس ایسا ہے ... تو اسے ناسٹیلجیا کہہ لے۔

اس وقت میں خود بڑی تکلیف میں تھا۔ اور جمنا پار میں کسی طرح تین سو روپے ماہوار پر ایک چھوٹا سا کمرہ مل سکا تھا جو کمرہ کم گیرج زیادہ تھا۔ ہوا کا گزر ہی نہیں کوئی کھڑکی نہیں۔ پاس میں سامان ہی کتنے تھے۔ چند پہننے کے کپڑے، ایک اسٹوو، تھوڑے سے برتن، پلاسٹک کی بالٹی، نہانے کا مگ، دو ایک پلیٹ، چائے کی تلفیاں ...

روشن نے ہی بتایا کہ ونئے ایک ہفتہ پہلے ہی دلی آیا ہے۔ کچھ کرنا چاہتا ہے۔ ابھی نئی دلی ریلوے اسٹیشن ہی اس کا گھر ہے۔ رات وہیں بسر کرتا ہے اور ونئے کے لفظوں میں ...

"خوش ہوں یار۔ کچھ تو کر رہا ہوں۔ وہاں کیا تھا۔ ایک چائے کی دکان سے دوسری چائے کی دکان تک ٹہلتے ہوئے۔ درشن فلسفے کا دیگھاڑا بھات" کھاتے کھاتے اُلجھن سی ہو گئی تھی۔ بس دلی چلا آیا۔ ابھی کام ملا نہیں۔ مل جائے گا جتلم کی نوکری نہیں ملے گی تو رکشا چلا لوں گا۔ بوجھ ڈھو لوں گا" ... کہہ کر زور سے ہنسا تھا۔

رات ہی تو کاٹنی ہوتی ہے۔ جب کوئی نہیں ہوتا۔ یار دوست اپنے اپنے گھونسلوں میں چلے جاتے ہیں اور دلّی کی سڑکیں سونی ہو جاتی ہیں۔ تب میں بھی پلیٹ فارم پر صبح میں خریدا ہوا ''نوبھارت ٹائمز'' بچھا دیتا ہوں۔ ریڈی میڈ بستر۔

اس نے قہقہہ لگایا تھا۔ ٹائمز آف انڈیا والے بھی اپنے اخبار کے اس شاندار استعمال سے ناواقف ہوں گے ساتھی، جو میں کرتا ہوں ... پڑھنے کا پڑھنا اور رات میں بستر کا بستر۔

''تو تو اکیلا ہے نا؟'' وشن نے پوچھا تھا۔

''میرے ساتھ چلے گا ـــــ سچ کہوں تو وشن مجھے پسند آیا تھا۔ پہلی بار میں ہی۔

لاگ لپیٹ بناوٹ سے الگ کا۔ اس لئے مجھے اپنے ساتھ رکھنے میں کوئی پریشانی نہیں تھی۔ ہاں! میرے جواب پر بہت پیار سے مسکرایا تھا وہ۔

''ساتھی، اخباری بستر سے تیرے کمرے تک لگتا ہے سفر کا ایک پڑاؤ تو ختم ہو گیا۔ دیکھیں آگے کیا ہوتا ہے۔''

اس روز رات وہ میرے ساتھ ہی کمرے پر آیا۔ بہت خوش تھا کمرہ دیکھ کر۔ کندھے پر پڑا ہوا اپنا جھولا اُتار کر کنارے رکھتے ہوئے بھی اس کی خوشی اس کے پور پور سے پھوٹ رہی تھی۔

''اب تو یہ زمین اپنی ہے۔ چادر لانی ہوگی۔ میرے پاس تو کُل یہی سامان ہے، جو پیسے لے کر چلا تھا وہ اب ختم ہونے والا ہے۔ لیکن اب سب ہو جائے گا۔''

اس رات وہ گھوڑے بیچ کر سویا۔ صبح جب اُٹھا تو میں کام پر جانے کو تیار تھا۔ نہا دھو کر کپڑے پہن کر تیار ....

''کیوں ساتھی۔ چل دیئے کیا؟'' وہ مسکرایا۔

''تمہارے لئے رات میں پھلایا ہوا چنا رکھ دیا ہے، کھا لینا۔ چنے کا پانی بھی ایک گلاس میں ہے پی لینا۔ آج سے کچھ اور بندوبست کروں گا۔''

کمرے کی کنجی اور کچھ ضروری مشورے دے کر میں آفس چلا آیا تھا۔ یہ ایک چھوٹا سا ہندی ساپتاہک سماچار پتر تھا۔ بارہ سو روپے ماہوار ملتے تھے مجھے۔ آفس آنے کے بعد ونئے کے لئے دیر تک اِدھر اُدھر فون کھٹکھٹاتا رہا کہ شاید کہیں چانس مل جائے۔ کہیں جگہ خالی ہو۔ ایک جگہ بات بن بھی گئی۔ پروف پڑھنے کے لئے آدمی کی ضرورت تھی۔ میں نے کہا چلو ٹھیک ہے۔ شروع میں تو بس کام چاہیئے۔ یہ کرے گا تو آگے بھی ملے گا۔ کم سے کم قلی گری کرنے سے تو بچ جائے گا۔

اس خبر نے اُسے بھی کافی خوش کر دیا۔ احسان نگاہوں سے دیکھنے کے بعد کہنے لگا۔

"ساتھی سچ پوچھو تو تم اس راستے کو آسان کرتے جا رہے ہو۔ اب تو طے کر لیا تھا کہ آج اگر کام نہیں ملا تو کل سے بوجھ ڈھونا شروع کر دوں گا۔ اس لئے کہ جب تک یہاں اپنے لئے ایک صحیح زمین کی تلاش نہ کر لوں، کیسے رہ سکتا ہوں؟"

اس رات وہ بہت خوش تھا۔ دیر تک اپنی اِدھر اُدھر کی باتیں سناتا رہا۔ زندگی کی ان سچائیوں کی باتیں جو تھوڑا بہت سب کے ساتھ رہتی ہیں۔ تھوڑے بہت ہیر پھیر کے ساتھ سب کے ساتھ گھٹتی ہیں۔ وہی سب سے بڑا لڑکا ہونے کا دکھ، قلم کی تلوار سنبھالنے کا دکھ۔ بابو جی بار بار پوچھتے تھے "ای سب کا کرتے ہو۔۔۔ قلم گھسنے سے آج کے زمانے میں کا ہوئے والا ہے، کچھ نہیں۔"

"پھر۔۔۔؟"

"بابو جی کو بہن کی شادی بھی تو کرنی تھی اور میں۔۔۔"

ونئے کی آنکھوں میں کہیں ہلچل مچی تھی۔ "اب تو شاید شادی ہو بھی گئی ہو۔ میں کرتا کیا؟ وہاں رہتا تو بیل بابو جی کا ہاتھ نہ بٹا پانے کا احساس مجھے کتنا زندہ رہنے دیتا۔۔۔"

"تمھارے کھیت بدھار بھی تو ہوں گے؟"

"نہیں تھوڑے بہت۔ چاچا کا پریوار تو آج تک کھیتی پر ہی زندہ ہے۔ بابو جی

بھی کھیلیہر آدمی ہیں۔ صرف میں ہی نہیں پتہ نہیں، کم عمری میں نہ جانے کہاں سے گہرے گہرے لفظوں کو پڑھنے کی عادت پڑگئی۔ تب سے ...."

پروف ریڈر ہو جانے کے دو ایک روز بعد اُس نے ایک چھوٹی سی کویتا لکھی مجھے دکھائی تھی۔

"دیکھ کیسی ہے؟"

میں نے بے مَن سے مُڑا تڑا وہ کاغذ ہاتھ میں لے لیا۔ لکھا تھا،

"میں جہاں ہوں
جہاں لیٹا ہوں
وہاں سے سپنوں کی چھت نہیں جھانکتی
کاغذی بستروں کی ہر رات ایسی ہی ہوتی ہے
پریشانی۔ اُلجھنوں کی ہر صبح ایسی ہی ہوتی ہے
اور دُکھ کا چہرہ بھی سدا سے ایسا ہی رہا ہے

تو رات آنسوؤں میں کیوں گزاروں؟
دن سے دوزخ کا احساس کیوں پالوں؟
اور دُکھ کاغذ پر کیوں اُتاروں؟
تو کیا اپنے اپاہج ہونے کے بے جان سے ناٹک کو سماپت کرنے کے لئے
سپنوں کی ایک چھت نہیں بنانی چاہئے مجھے
ابھی اس کا جواب میرے پاس نہیں ہے کہ چھت کیسے بنے گی؟
لیکن بنے گی چھت اور ضرور بنے گی ایک دن یہ

ایک دو بار کویتا کو اُلٹ پھیر نظروں سے دیکھنے کے بعد میں نے پوچھا۔

"کیوں، یہاں خوش نہیں ہو کیا؟"

"یہ تو صرف ایک کویتا ہے ساتھی۔"

"لیکن یہ تو سیدھے سیدھے تمہارا اپ کا احساب لگ رہا ہے۔"

"پتہ نہیں۔ مجھے اتنا زیادہ کچھ نہیں لگا جتنا لکھا ہے۔" اچانک وہ تیز آواز میں بولا "یہ ساتھی سچ بتانا لکھتے سمئے ہم کچھ زیادہ ایکسر سائز تو نہیں کر لیتے شبدوں کی؟"

وہ ہنس رہا تھا۔۔۔" شاید رہا ہو یہ احساس میرے بھیتر۔

لیکن اتنا طے ہے کہ یہ احساس بہت بھیتر کا ہے۔ ابھی کم از کم اتنی گھٹن اتنی تکلیف نہیں ہے مجھے۔"

مجھے چڑچڑاہٹ سی ہوئی۔ کھیج کر بولا "تم کویوں (شاعروں) سے یہی الجھن ہوتی ہے مجھے۔ چھوٹے شبدوں سے پوری دنیا بدلنے کی بات کیسے سوچ لیتے ہو۔ اس لئے تمہارے شبد صرف شبد رہتے ہیں۔ آگ اور بارود نہیں بنتے۔"

"ہاں ساتھی۔ بارود بننے کے لئے بھی تو ہمارے بھیتر ایک آگ چاہئے اور ابھی بھیتر کی آگ صرف لکھنے تک ہے۔"

اتنا کہہ کر وہ پتہ نہیں کس سوچ میں ڈوب گیا۔ کچھ دیر میں اس کے تیز تیز خراٹے پورے کمرے میں گونج رہے تھے۔ آج جلدی سو گیا تھا۔

یہاں برابر بچھی چادر سے اس کا چہرہ صاف دکھائی دے رہا ہے۔۔۔ کچھ تناؤ نہیں ہے۔۔۔ چنتا نہیں ہے۔۔۔ مگر ایک خاص بات ہے کہ وہ نئے فکر کبھی سنجو کر اپنے اندر نہیں رکھتا۔ اتنا بولتا ہے کہ کبھی کبھی اوب سی ہونے لگتی ہے مجھے۔۔۔ سالے۔۔۔ سو۔۔۔ سو۔۔۔ جا۔۔۔ مجھے بھی لکھنے پڑھنے دے۔۔۔

اس رات وہ دس بجے تک نہیں آیا۔ قاعدے سے دس بجے تک آجانا چاہئے تھا۔ یہ بھی معلوم ہوا کہ مسٹری ہاؤس میں اس کے چکر کچھ زیادہ ہی بڑھتے جا رہے ہیں۔ میں اسے اکثر کہا کرتا کہ تو جسے کمٹ منٹ کہہ کر اس پوری بھیڑ چال سے جوڑنا چاہتا ہے، دراصل وہ صرف ایک شو گیم ہے، کمٹ منٹ نہیں میری

اس بات کا سوائے گھنی خاموشی کے اور چادر تاننے تک، اس کے پاس کوئی جواب نہیں ہوتا۔ ہاں کبھی کبھی وہ شہد کی پوری مٹھاس اپنے شبدوں میں بھر کر کہتا ... نہیں ساتھی۔ دراصل ایسا بالکل نہیں ہے۔ ہر چیز میں غلط دیکھنے کی عادت کا جب تک انت نہیں ہو جاتا، تھوڑی بہت دُھند تو باقی رہے گی ہی' جو پورے منظر کو پوری طرح صاف نہیں ہونے دے گی ساتھی ... وہ ٹھہرا تھا، بولا۔ ساتھی ہم صرف اندھیرا ہی کیوں دیکھتے ہیں۔ سپاٹ اندھیرا۔ ساتھی ... سو گئے کیا ...؟ رات کے اندھیرے میں اس کے شبد دیر تک بجتے رہے۔ اس رات وہ کافی دیر سے آیا تھا۔ میں نے دروازہ اڑ کا کر چھوڑ دیا تھا کیا پتہ کب نیند لگ جائے۔ پھر اسے دروازہ کھٹکھٹانا پڑے گا۔ رات میں نیند توڑ کر اُٹھنا بُرا لگتا ہے۔ صبح صبح اُٹھ کر جانا بھی تو پڑتا ہے۔ گندے میں پڑے جھولے میں پوری تھکن بند کر کے۔ ایک بجے کے لگ بھگ محسوس ہوا۔ دروازہ ہلکے سے چرّ مرّ ایا ہو۔ بہت دھیرے سے کسی نے اسے ٹھیلا ہو۔ پھر کنڈی لگانے کی آواز بھی آئی۔ چادر سے تھوڑا منہ نکالے سو جانے کی اداکاری کرتے ہوئے میں اسے دیکھ رہا ہوں۔ آ کر دروازے پر ٹھہر گیا ہے۔ پیروں سے چپل الگ کر رہا ہے۔ چہرے سے ہوائیاں اُڑ رہی ہیں ... پلٹ کر وہ پاس کے باتھ روم نل پر چلا گیا۔ منہ ہاتھ پر پانی مار کر اب وہ لوٹا ہے ... موڑی ہوئی چادر نکال کر بچھائی ہے ... اب وہ غور سے میرا چہرہ پڑھ رہا ہے کہ میں سچ مچ میں سو رہا ہوں یا ...

"ساتھی ...؟" وہ بہت دھیمے سے بولا ہے ...

اور میں نے ایک دم دونوں آنکھیں کھول دیں۔ ناراض بھی تھا اُس پر ...

"دو دن میں پر لگ گئے تمہارے۔ اتنی دیر کہاں کر دی ...؟"

"ساتھی چائے بناؤں ... پیو گے؟" وہ جیسے اپنے آپ کو سمیٹ پانے کی کوشش میں لگا تھا۔

"کوئی واقعہ ہو گیا کیا؟" اس کے چہرے کے اُتار چڑھاؤ کو دیکھ کر میں چادر سمیٹ کر بیٹھ گیا۔

"کہاں گئے تھے آج ..."

بتاتا ہوں ساتھی۔"

اتنا کہہ کر وہ اسٹوو میں پمپ مارنے لگا۔ اسٹوو کا تیل نکالنے، ماچس جلانے، پن مارنے اور بکھرے ہوئے شعلوں کے پھیلنے تک میں اس کے چہرے کا اُتار چڑھاؤ پڑھ چکا تھا۔ لگا تھا، ایک آگ اس کے چہرے پر بھی سُلگ رہی ہے ... انجانی سی آگ ... جو اپنے ہی پریویش (ماحول) سے اٹھی ہے ... جو اُسے جلا بھی رہی ہے ... توڑ بھی رہی ہے۔ حساب سے چائے کے کپ میں دو بار پانی لے کر چائے دانی میں ڈالنے، اسٹوو پر چڑھانے تک وہ معمول میں لوٹنے کی کارروائی کر چکا تھا۔ میرے کچھ پوچھنے تک اپنی جیب سے مُڑا تُڑا کاغذ نکالا اور بولا "لو اسے پڑھ ڈالو۔ پُرانی عادت ہے میری، جو باتیں کچوٹتی ہیں وہ اسی طرح ان بے معنی پُرزوں پر لکھ ڈالتا ہوں۔ اور دوسرے دن انھیں ڈسٹ بن میں ...

ایک عجیب سی اُداسی میں ڈوب گیا تھا وہ۔

میں پڑھنے لگا ... لکھا تھا:

• خالی پیٹ تمھارے ساتھ شامل نہ ہونے کا دُکھ ہے مجھے
اس لئے بھانپ سکتا ہوں تمھاری بھوک
دیکھ سکتا ہوں تمھارے پیٹ کی سوکھی انتڑیوں میں لگی ہوئی آگ
اور اِسی لئے جُڑتا ہوں پڑھے لکھوں کے مجمع سے
تمھاری انتڑیوں میں بسی بھوک کے مسئلے کے حل کے لئے
وہ سب تمھارے بارے میں سوچتے ہیں
ہاں، سب تمھارے بارے میں سوچتے ہیں
اس لئے کہ اُنھوں نے پڑھ رکھا ہے مارکس اور لینن کو
اُنھیں شوق ہے مزدوروں کے جلوس میں شامل ہونے کا
میں بھی شامل ہوتا ہوں پڑھے لکھوں کے اس جلوس میں

ممکن ہے یہ بھی ایک کارروائی ہو۔ زندگی کو جاننے اور سمجھنے کی ؟

غور سے پڑھی میں نے وہ کویتا۔ دو ایک بار پڑھتے ہوئے چہرہ بھی دیکھا ونئے کا۔ پھر اس مُڑے تُڑے کاغذ پر آنکھیں لرزیں ... پڑھ چکا تو انجانے میں ہی یہ سوال میرے مُنہ سے نکل گیا۔

"کہاں گئے تھے آج؟"

"فرید آباد۔"

"کیوں؟"

"بہار کے سیلاب زدگان کے لئے فنڈ جمع کرنے تھے۔"

"اور ...؟"

"نکڑ ناٹک کرنے تھے۔"

"کون کون گیا تھا؟"

"نشاط قیصر کے ساتھ ایکٹا تھیٹر کے کچھ لوگ۔"

"کوئی خاص بات؟"

"ہاں ایک چھوٹی سی مُڈ بھیڑ ہوگئی پولیس سے۔"

اس نے ٹھنڈی سانس بھری یوساتھی کہہ سکتے ہو، پڑھے لکھوں کے اس مجمع کا ایک جوکر میں بھی تھا جو ان کے ساتھ ان کے پیٹ کی بھوک کا حل ڈھونڈنے گیا تھا ساتھی۔ سچ بتانا، کیا یہ غلط ہے ... جب اندر ایک آگ کوندتی ہے کہ روز روز کے فساد اور دنگوں میں اپنا خون جل رہا ہے۔ اپنے مارے جارہے ہیں۔ اپنی دھرتی سُرخ ہو رہی ہے تو ساتھی، کیسے ان سے خود کو نہ جوڑنے کی بات اُٹھے کہ یہی مقصد تو کھیتوں کھلیانوں سے ان چوڑی چوڑی مہانگری کی سڑکوں تک لے آیا ہے۔ ... ساتھی مانو یا نہ مانو۔ کچھ کام ہو رہا ہے۔ اخبار کے سُرخ حاشیے پر پھیلی خبر جب آنکھوں سے گزر کر نکڑ ناٹکوں کا لباس اوڑھ کر فنڈ جمع کرتی ہے تو لگتا ہے ... ایک

کارروائی/ یہ بھی ہے ... دُکھ کے ماروں سے خود کو جوڑنے کی ... سب کے لئے زندگی کی ایک سمت کو محسوس کرنے کی .. ''

اس سے پہلے کہ وہ آگے بولتا، مَیں نے بیچ میں بات کاٹ دی ۔ ''کہیں کچھ کنفیوزڈ ہو تم۔ تھوڑا نہیں بہت ۔ جن سے جُڑ رہے ہو یا جُڑنے کی کوشش کر رہے ہو اس پُورے گروپ کو پڑھے لکھوں کا مجمع کہہ کر کیا بتانا چاہتے ہو تم؟''

''اس لئے ساتھی کہ سوکھا اور باڑھ پیڑتوں کے لئے فنڈ جمع کرنے تک مسئلہ وہیں کا وہیں رہتا ہے۔ تب لگتا ہے، ذہنوں میں ہی اُگتی ہے کہیں گمبھیر گمبھیر لفظوں کی کھیتی اور خود کو اینٹلکچوئل بنانے کی مہم تک سب ایک جھوٹی اور ڈھوتی ہوئی کارروائی میں شامل رہتے ہیں۔''

تب لگا تھا، ایک راستہ بنا رہا ہے وہ یا ایک سیدھے راستے پر چلنے کی کوشش ہے اس کی۔ مگر یہ راستہ ابھی پوری طرح اس کی سمجھ میں نہیں آیا ہے۔ اس لئے جب اپنی بات کرتا ہے تو اگر مگر میں اُسے ڈفنیڈ کرنے کی کوشش یا کارروائی بھی چلتی رہتی ہے اس کے اندر ۔ لیکن اتنا طے ہے کہ اپنی سطح پر اُسے بہت ایماندار پایا تھا اور اسی لئے لگا تھا کہ یہاں کا گلیمر ورلڈ اس کے اندر کے آدمی کا استحصال تو نہیں کر رہا ہے۔ اس کے بھولے پن کے ساتھ۔ شبدوں میں غریبی کا چہرہ دکھاتے اور پڑھاتے ہوئے اس کا پُورا کیریر داؤ پر تو نہیں لگایا جا رہا۔ اس لئے کہ ان تحریکوں سے جُڑے جن زیادہ تر لوگوں کو مَیں جانتا تھا وہ بڑے بڑے عہدوں پر تھے، اس لئے کسی بھی لڑائی لڑنے کی بات آسانی سے کر سکتے تھے اور وہ دوسرے جو اپنے بھولے پن اور کمٹمنٹ کے سہارے خالی جیبوں کے ساتھ ان تحریکوں سے جُڑے تھے۔ اُن کے بھوک سے سلگتے چہرے بھی دیکھے تھے مَیں نے اور ایک نہیں کئی کئی بار ــــ اس لئے ونئے کے اس طرف بڑھتے رجحان سے مجھے تھوڑی چوٹ پہنچی تھی۔

چائے پینے، کپ پائیتانے رکھنے اور چادر پر لیٹنے تک ونئے پھر باتیں کرنے کے موڈ میں آگیا تھا۔ بولا۔

"ساتھی اب سوچ لیا ہے۔ اچھا برا جیسا بھی سہی پر جوڑوں گا خود کو اس تحریک سے اور ایسے لوگوں کے ساتھ ـــــ ساتھی، ایسا کرتے ہوئے کہیں نہ کہیں میری آتما کی تسلی ہو جاتی ہے۔ کیا یہ کم ہے؟"

بہت دنوں سے چپ رہنے کی کارروائی کا میں نے بھی انت کر دیا۔ جھلّا کر بولا۔

"ہاں یہ بہت کم ہے۔۔۔ اس لئے کہ کچھ کرنے کے بدلے تم لوگ "واد" کے چکر میں زیادہ رہتے ہو۔ چین اور رُوس کے اتہاس کا مطالعہ کرتے ہوئے تم خود اپنے وچار دھارا کی کے جغرافیہ کے ساتھ انصاف نہیں کرتے۔ غریبوں کی لڑائی سے الگ تم الگ الگ مورچوں اور الگ الگ "واد" کے چکر میں زیادہ پڑتے ہو۔ جس نظریے کی وکالت کرتے ہو، وہ بھی میرے نزدیک ایک طرح کی بندش ہے۔ نہیں تو چین جیسے ملک میں چھاتر کرانتی کا مطلب کیوں نہ جمہوریت کی عوامی مانگ سمجھی جائے؟ کیا روس میں بھڑکے ہنگامے کیمونسٹ ورلڈ کے لئے چنوتی جیسے نہیں ہیں؟ تمہارا مارکس وادی نظریہ یا اس نظریے پر کی جانے والی حکومت سے تمہیں کیا کسی سطح پر راجہ شاہی کی بو محسوس نہیں ہوتی۔۔۔۔ اپنے نظریے کے بچاؤ کے لئے تم بھی لاکھوں کی فوج پر گولیاں چلا سکتے ہو۔ یہ پیریسترؤیکا اور گلاسنوست کیا ہے؟ لیبرلی اور پورزگمن کے اس مانگ کے اشارے کیا ہیں؟ کیمونسٹ ورلڈ میں اچانک پھوٹ پڑنے والا یہ عوامی بدلاؤ کیا کہہ رہا ہے؟

"ساتھی، اس کا مطلب ہے ایک نظریہ پر جماؤ" وہ دھیرے سے بولا۔

"غلط" میں نے پھر کہا "نظریے کو تحریک اور تحریک کو مذہب سے جوڑتے ہوئے تم بھی اپنے مذہبی خیالات کا مرکزی نقطہ دھرم کے انھیں آدرشوں کو بنا رہے ہو۔ یہ پورا نظریہ جس کی نفی کرتا ہے"

ذرا ٹھہر کر میں نے پھر پوچھا۔

"تم نے مارکس پڑھا ہے؟"

"نہیں"

"لینن؟"

"نہیں۔"

"مارکس وادی وچار دھارا پر کوئی کتاب؟"

"نہیں۔"

"کوئی بات نہیں غلطی دراصل تمہاری نہیں ہے۔ غلطی تمہاری بھاوکتا (جذباتیت) کی ہے، جسے یہاں کے ماحول میں کیش کیا جاتا ہے۔ تمہارے جیسے بہت سارے اس طرح کے ساتھیوں نے بھی مارکس اور لینن کی وچار دھارائیں نہیں پڑھیں۔ اس لئے سوچنا پڑتا ہے کہ برابری کی یہ کتاب تم کس کارخانے میں چھپواتے ہو۔ ظاہر ہوا جہاں بھاوکتا بیٹھی ہے، سنجیدہ لفظوں سے نکلے احساس کو جگہ دینے کے لئے۔ ہے نا..؟

"ساتھی۔" ونئے اچانک پلٹا تھا۔ "ابھی تم جو کہہ لو۔ جتنا کہہ لو... کچھ بھی نہیں بولوں گا میں۔ لیکن اتنا طے ہے کہ بھائی کو بھائی ماننے کے لئے کسی دوسرے گواہ کی ضرورت نہیں پڑتی۔ جذبات سے میرے رشتے کو تم جیسا بھی کچھ سمبندھ کہہ لو۔ لیکن یہ رشتہ "آہ" سُن کر آج بھی جگا ہے اور کل بھی جگے گا۔ برابری کتابوں میں بھلے نہ اُگتی ہو، نہ پڑھی ہو پر بغیر کتاب پڑھے بھی آگ میں جُھلس رہے شخص کو بچانے کی کارروائی ہوسکتی ہے۔ اسے بچانے کے لئے کتاب میں لکھے ہوئے ہمدردی شبد کو پڑھنے کی کوئی ضرورت نہیں۔"

میں ایک طنزیہ ہنسی ہنسا۔ "تو جس نظریہ کی بنیاد پر تم اپنی جھونپڑی کھڑی کرنا چاہتے ہو، اس نظریہ کو پُورا پُورا جاننے سے تمہیں کوئی مطلب نہیں۔"

"ایسا میں نے نہیں کہا۔" ونئے شانت ہوا۔ "پڑھوں گا۔ دیکھوں گا لیکن جب تک نہیں پڑھا ہے تب بھی برابری کا ارتھ جاننے کا جواز تو ہے ہی میرے پاس۔ اور یہی میرے لئے بہت ہے۔"

اس واقعہ کے بعد ونئے میں بہت زیادہ تبدیلی آگئی تھی۔ اب زیادہ تر وہ غائب رہنے لگا تھا۔ ایسا بھی ہوتا جب کئی کئی رات وہ نہیں آتا۔ آنے پر بھی مصروف ہونے کا بہانہ بنا دیتا۔ ایکتانگڑ منچ کا وہ ایک خاص حصہ بن گیا تھا۔ اکثر دفتر سے بھی غائب

رہتا۔ اس لئے ایک بار اُسے پروف دیکھنے کے کام سے ہٹادیا گیا تھا۔ میگزین چھپ کر آنے کے بعد بھی کافی غلطیاں رہ گئی تھیں۔ معافی وافی مانگنے کے بعد اُسے دوبارہ رکھ تو لیا گیا، لیکن وارننگ دے دی گئی کہ دل لگا کر کام نہیں کیا تو کسی سمئے بھی اُسے ہٹایا جاسکتا ہے۔

مَیں نے بھی ڈانٹا تھا۔ "کیوں قبر کھود رہا ہے اپنی۔ زمین پر آگیا تو کوئی پوچھنے والا نہیں ہوگا۔ بھوکے پیٹ رہ کر کتنی سمسیا (مسائل) سُلجھائے گا تو۔ اور بڑی باتیں کرنے کے لئے بھی پیٹ کا بھرا ہونا ضروری ہے۔"

لیکن وہ مانا نہیں کبھی کبھی لگتا ہے جیسے یہ بھی ایک نشہ ہو۔ ونئے کو اس نشے میں مزہ ملنے لگا ہو۔ اس بیچ اس میں بہت سارے پریورتن (تبدیلی) آئے تھے۔ وقت کا پرندہ اُڑتا اُڑتا تین چار سال آگے بڑھ گیا تھا۔ بھولے بھالے کلین شیو رہنے والے ونئے کے چہرے پر جنگل اُگ آیا تھا۔ ایک کالا چشمہ لے لیا تھا۔ پتلا دُبلا، لمبا قد، سانولا گندمی چہرہ، بڑھی ہوئی داڑھی، گھنے بڑھے ہوئے بال، پیروں میں ڈالی گئی کولہاپوری چپل، جینز کی پینٹ، کھادی کا کُرتا، مَیں اُسے چھیڑتا۔ کہتا کہ اس حُلیے کی ذمہ داری بھی اس کی وہی بیمار و چار دھاما ہے، اس پر وہ ٹھٹھا مار کر ہنستا۔ پھر اتنا کہتا۔ "اچھا لگتا ہے۔ ایزی رہتا ہوں اس ڈریس میں۔ اکثر گھر بیٹھ کر بھی وہ کسی انقلابی گانے کی دُھن بنانے میں مگن ہوتا جسے دوسرے دن اُسے کسی نکڑ سبھا میں گانا ہوتا تھا۔ تب ساری ساری رات اُس کی ریہرسل چلتی رہتی۔ اس بیچ لگتا تھا، وہ صرف پُروف ریڈر بن کر رہ جائے گا۔ وہاں سے نکلنے کی اُسے کوئی جلد بازی نہیں ہے۔ کوئی دوسرا ٹھور ٹھکانا نہیں دیکھتا ہے۔ خانہ بدوش نکڑ ٹولیوں کے ساتھ ساتھ گھومتا رہتا ہے یہاں وہاں۔ کبھی کبھی پورے سنڈے۔ میری بات کا اتنا اثر ہوا کہ اب وہ اپنے ساتھ کچھ موٹی موٹی کتابیں بھی لانے لگا تھا۔ یہ الگ بات تھی کہ کتاب لاکر صرف جمع کر رہا تھا۔ اس لئے کہ انھیں پڑھنے کی ابھی اُسے فرصت نہیں تھی۔

زندگی کی یہ دَوڑ کچھ کچھ ہماری ایک طرح ہی بندھی تھی۔ ایسا نہیں تھا کہ مجھے کوئی

جاب سٹسفیکشن تھا، لیکن لیس ہٹیک ہٹاک گزرنے میں ہم خوش تھے۔ شادی کا خیال مجھے آیا تھا نہ ونئے کو۔ ہاں کبھی کبھار لگتا ایسا کب تک چلے گا۔ کتنے دنوں تک؟ کیسا جینا ہے یہ بھی۔ اسٹیریو ٹائپ بندھی ٹکی مجبوریوں پر جینا، جہاں آگے کے لئے کوئی سوپن (سپنا) نہیں جاگتے، نہیں جاگتی کوئی خواہش، کسی خواہش کی سینیلی آگ ۔۔۔ سب ٹھہرا ہوا، منجمد اور روز کی طرح اُباؤ اور اب اُباؤ پن کے دھوئیں کو تیز کرنے ونئے بھی آگیا تھا۔ کبھی سوچتا، کیا تھوڑے میں خوش رہنے کی تسلی، کسی مجبوری بھری پیڑا (درد) کا نام ہے؟ کبھی اس خالی پن کو بدلنے کی خواہش ہوتی تو ذمہ داریوں کے کتنے ہی سوال منہ پھاڑ دیتے۔ اتنے میں نہیں ہوگا ۔۔۔ نہیں ۔۔۔ پھر جھولے میں رکھے کاغذات میں کالے جادو کی طرح اُگے کالے کالے شبد ہوتے جنھیں لکھتے ہوئے کبھی بہت سوچنے کی تکلیف نہیں کی میں نے۔ بس گھسیٹ دینے یا پیلنے تک۔ اس سے آگے نہیں۔ ہاں اس دن ونئے رو پڑا تھا۔ اس روز روز کی مشینی کارروائی سے اوب کر۔

ساتھی گھر یاد آتا ہے۔ یاد آتے ہیں ماں باپ، بہن ۔۔۔ تب یاد آتے ہیں میدانوں میں گلی ڈنڈی کھیلتے، اوکی چکا نچانے، گلی کوچوں میں گزارے گئے بچپن کی۔ یہ سب کہاں چھوٹ گیا۔ لاکھ چاہوں ساتھی۔ آخری وقت میں بھی اس ناسٹیلجیا کے اس گھیرے سے ہم باہر نہیں نکل سکتے۔

کہیں ایک زبردست آہ مجھے بھی جلا گئی تھی۔ لیکن آتما میں جا تو اُتارنے سے کونسا مسئلہ حل ہوتا ہے ۔۔۔ کیسی دیپاولی، دُرگا پوجا، رام نومی، تہوارات سب کہاں تھے۔ گھر سے ہوتے ہیں تہواروں کے رشتے ۔۔۔ پریوار سے پھوٹتی ہیں رسم و رواج کی بیڑیاں اور ان کے بنا ۔۔۔ صرف ایک اُباؤ تھکن ۔۔۔۔ مشین بننے تک کی کارروائی اور سمجھوتے کا زنگ لگا لوہے کا دروازہ۔

یہ اس کی مسلسل دوڑ بھاگ اور آگے ہی آگے رہنے کا نتیجہ تھا کہ روس کو جانے والی ڈیلی گیشن (وفد) میں دوستوں نے اس کا بھی نام ڈال دیا تھا۔ اس دن بڑا خوش تھا وہ۔ آتے ہی کہنے لگا ۔۔۔ ساتھی، روس جارہا ہوں۔ پیریسترویکا اور گلاسنوست سے نکلے شبد

(لفظ) کو یہاں کے ماحول میں اتنی اچھی طرح نہیں سمجھ سکتا، جتنا وہاں کی فضا میں دیکھ کر ناپ سکتا ہوں۔ ساتھی اس موقع کو کیوں مس کیا جائے۔ ہم وہاں ری پریذینٹ تو کر سکیں گے اپنے یہاں کے مسائل کو، وام پنتھ (بائیں بازو) سے جڑی سمسیاؤں کو۔۔۔

اس دن کافی دیر تک وہ روس کی باتیں کرتا رہا۔ زار کے ظلم و ستم کی، بالیشوک کرانتی کی، سائبیریا بھیجے گئے دوستوفسکی کی باتیں، گورکی کی ماں کی باتیں۔ اس کے لہجے سے جوش اور چنگاری پھوٹ رہی تھی۔ زندگی پھوٹ رہی تھی۔

"لینن چوک بھی دیکھوں گا ساتھی۔ سنا ہے پشکن اور دوستوفسکی کے گھر کو میوزیم بنا دیا گیا ہے۔ وہاں پرانے بوڑھوں میں گوگول کے گرم کوٹ کو تلاش کروں گا ساتھی۔ تم نہیں جانتے کتنا اکسائیٹیڈ ہوں میں وہاں کے جانے کے خیال سے۔"

میں اتنا ہی کہہ سکا۔ "زیادہ خواب مت پالو۔ نہیں جانتے، پاش نے کیا کہا تھا۔۔۔ سب سے خطرناک ہوتا ہے ہمارے سپنوں کا مرجانا۔"

اور اس کے ٹھیک ایک ہفتہ بعد "پاش" کی ہی کویتا (نظم) اس کے چہرے پر چھلک آئی تھی۔ جب ایک نیا تیور لئے اُبال لے رہا تھا میرے سامنے۔

"ساتھی، اب میں نہیں جا رہا ہوں۔ جا رہے ہیں وہ سب بوڑھے جنہیں کوئی نہ کوئی روگ ہو گیا ہے اور اپنے اپنے روگ کے علاج کے لئے جن کا روس جانا ضروری ہو گیا ہے۔ ہاں ساتھی۔ تم حیرت کرو گے۔ میں ابھی ابھی اُن بوڑھوں سے مل کر آ رہا ہوں جو ڈیلی گیٹ کے طور پر روس جا رہے ہیں۔ ان کی آپس کی باتیں سُنی ہیں میں نے۔ کسی کو گٹھیا کا روگ ہے، کوئی دل کا روگی ہے۔ روس میں سب کی صحت کے ٹھکانے پڑے ہیں۔ بس اتنا ہے ان کا کمٹمنٹ۔ سچ یہاں سویا ہے ساتھی۔ اس گڑھ میں۔ یہ وہی لوگ ہیں۔ منچ سے جن کی باتیں گرم لوہے سا گرما جاتی ہیں دلوں کو۔ آگ کے شعلے کی طرح دہلا جاتی ہیں لوگوں کو۔ مگر سچ صرف اتنا ہے ساتھی کہ اس پورے کمٹمنٹ سے الگ وہ صرف اپنا ـــــ اور اپنا علاج کرانے روس جا رہے ہیں۔"

وہ کافی دیر تک بولتا رہا۔ اس بیچ میں جان بوجھ کر چپ بیٹھا رہا۔ میں چاہتا تھا کہ

وہ کڑکے دار بارش کی طرح ٹوٹ ٹوٹ کر برس لے۔ ایسا کرتے ہوئے کم سے کم وہ ذہنی طور پر شانت تو ہو جاتا۔ ہاں، یہ احساس مجھے تھا کہ اس کے اندر کی جس معصومیت کو جذباتیت کے نام پر کچلنے کی کوشش یہاں کے ماحول نے کی تھی۔ وہ کوشش کہیں زخمی ہوئی تھی، ورنہ آج بے موسم وہ اس طرح ٹوٹ کے برستا نہیں۔ پھر پتا نہیں، کہاں وہ پانچ چھ دنوں تک غائب رہا بنا بتائے۔ دوسرے دن جب میں شام کے وقت گھر لوٹا تو زمین پر بھی چادر پر ویسا ہی کاغذ کا ایک چھوٹا سا ٹکڑا پڑا تھا۔ ایک عجیب سی بے چینی لئے میں نے اسے ہاتھوں میں اٹھا لیا۔ کاغذ ونئے کا ہی تھا۔ گھسیٹ کر چند لائنیں لکھی ہوئی تھیں۔

"کبھی کبھی بہت تھکے ہونے کا احساس ایک فرار چاہتا ہے
کہ وہ سب کچھ نہ ہو جو روزمرہ کے اصول کا ایک حصہ رہا ہو۔
وہی کمرہ، وہی چہرہ، وہی تنہائی
کبھی کبھی بہت تھکے ہونے کا احساس ایک فرار چاہتا ہے
میں جلد آؤں گا ساتھی
پتہ نہیں اس وقت تک میری نوکری رہے گی یا نہیں
تم آفس فون کرکے بیماری کا بہانہ بنا دینا
آگے دیکھا جائے گا۔۔"

دوسرے دن میں نے اُس کے آفس فون کر دیا۔ ونئے بیمار ہے تیز فیور۔ ابھی نہیں آسکتا۔ پانچ چھ دنوں کے بعد وہ حاضر تھا۔ گھر آیا تو کمرہ پہلے سے کھلا تھا۔ اندر اس کی اپنی تنہائی کی محفل جمی تھی، یعنی ایک بیئر کی بوتل اور گلاس پڑا تھا۔ مجھے دیکھتے ہی وہ کھِل گیا۔ آنکھیں چمک گئیں۔ مجھے غصہ آگیا۔ "کہاں گئے تھے؟"

"تمہارے لئے ایک پیگ بناؤں ساتھی؟"

"رہنے دے۔" میں پھر تاؤ کھا گیا۔ "بہت بھاؤک (جذباتی) ہو گئے تو جیون سے نہیں جی پاؤ گے پیارے۔ ہارتے رہو گے۔۔۔"

وننٹے نے جلدی جلدی گلاس میں رکھا پیگ خالی کیا۔ اس کی آنکھوں میں مدہوشی کے ڈورے تیر گئے تھے۔

میں بہت عام طرح سے نہیں جی سکتا ساتھی۔ اندر کچھ ہے جو ایک بڑے انقلاب کے لئے چیختا رہتا ہے۔

پھر اس نے بتایا کہ وہ اپنے ایک رنگ کرمی دوست کے یہاں گیا تھا۔ وہیں رہا اتنے روز۔ اس بیچ کہیں گیا نہیں۔ اس کی بیوی ہے۔ دو چھوٹے بچے ہیں۔ رمیش نام ہے۔ رمیش بھی ایکٹا فکڈ منچ سے جڑا ہوا ہے۔ بہت جذباتی انسان۔ شاندار انسان ... وہ پھر دیر تک بولتا رہا کہ ان پانچ چھ دنوں میں اس نے کیا حاصل کیا۔ زندگی کو کس نئے روپ میں دیکھا۔ اس کی آواز چھلچھلا آئی تھی۔

"دوست رمیش کی پتنی بڑی پیاری ہے۔ اتنی جتنی ایک بہن ہو سکتی ہے اور اس کے دونوں بچے ... اتنے کیوٹ کہ ... ایک تو ابھی کچھ مہینوں کا ہے۔ شیشی میں دودھ بنانا، پلانا، سب میں ہی کرتا تھا۔ تم یہاں رہ کر خود کو مشینی بنا کر سوچ بھی نہیں سکتے کہ زندگی کا سکھ یہ بھی ہوتا ہے کہ جب پتنی ہوتی ہے اور بچے ہوتے ہیں۔ ایک بڑے انقلاب کی تیاری سے پہلے مجھے بھی لگتا ہے کہ میرے پاس ایک گھر ہونا چاہیئے۔ بیوی بچے ہونے چاہئیں، جہاں اپنے اندر کے ہر طرح کے فرسٹریشن کو قید کر کے، اپنے ذہن کو آزاد کر کے کوئی بڑی لڑائی لڑ سکوں۔ کیوں ساتھی؟"

میں نے اُسے اس پُرانی گھٹنا (واقعہ) کی یاد دلائی اور پوچھا۔ انقلاب اب تک تمہارے وجود سے نکلا نہیں ... اب تک بنا ہے تم میں؟

وہاں ساتھی۔ شاید حیرت کرو تم۔ لیکن ایک گھر دیکھنے کے بعد ایک سُندر سے چھوٹے سے گھر کے وجود کو تسلیم کرنے کے بعد پھر وہیں جھک گیا ہوں۔ غلطی دراصل میرے اس نظریے کی تھی، جو وہاں ایک ظاہری عزم کرنے کر تھا۔ نہیں سمجھے۔ کیا ضروری ہے کہ ایک تحریک سے جُڑے سارے لوگ ایماندار ہوں۔ ایمانداری اور مضبوطی تو دراصل اپنے اندر ہونی چاہیئے۔ یہ میرے اب تک کے کمٹمنٹ کی کتنی بڑی ہار تھی کہ صرف وہاں نہ جانے

کے آکروشس، میں اس پوری تحریک سے بدظن ہو اُٹھا تھا۔

پھر زندگی کے کچھ اور سال ہوا میں پھڑ پھڑا کر اُڑ گئے تھے۔ پروف ریڈر سے سب ایڈیٹر بننے کی اس کی چھلانگ کافی لمبی تو نہیں کہی جا سکتی۔ لیکن اتنا طے تھا کہ مہانگری کے دآرٹ اینڈ کلچر سے جڑے زیادہ تر لوگوں سے اس کی پہچان کے دائرے بڑھ چکے تھے۔ اکثر وہ کمرے میں بھی بھیڑ لگائے رہتا۔ کبھی کبھی مجھے اس شور شرابے سے چڑ بھی ہوتی۔ ایک دو بار تو میں نے غصے میں کہا بھی تھا۔ یار ایسا برابر چلے گا تو میں کمرہ بدل دوں گا۔ تم ہی رہنا یہاں۔ میں اس ہنگامے میں لکھ پڑھ نہیں پاتا۔ لیکن جانتا تھا ونئے کی مجبوری۔ مہینے کے ایک ہفتہ بیتتے بیتتے اس کے تنگ ہوتے ہاتھوں کے قصے۔ بھلا کہاں جائے گا وہ؟ احساس ہوا تھا کہ وہ اپنا پورا کیریئر کسی مرگ ترشنا کے لئے ہی داؤ پر لگا رہا ہے۔ جہاں اسے کچھ نہیں ملے گا، سوائے شریر میں کل چبھنے والے اُن پلوؤں کے جو اُسے جیون بھر ڈستے رہیں گے۔ مہانگری کی اس طرح کی کوئی بھی سبھا ہو، سمیلن ہو، گوشٹھی ہو۔۔۔ اب ونئے ہر جگہ موجود رہنے لگا تھا۔ آگے ہی آگے۔

اسی بیچ ایک بھیانک بات ہو گئی۔ شہر کی آب و ہوا اچانک بدل گئی۔ مہانگر کے ماحول میں فرقہ وارانہ دنگوں کی سر پھری ہوا چل گئی۔ ایکٹا اُنکر منچ سے جڑے لوگوں کے کام اب زیادہ بڑھ گئے تھے۔ شہر کی بارودی فضا جہاں ایک طرف کرفیو کی آغوش میں سانس لے رہی تھی۔ پورا شہر سہما سہما اپنے اپنے گھونسلوں میں فضا کے شانت ہونے کے انتظار میں تھا۔ وہیں ونئے اپنے نئے نئے ناٹکوں کی ریہرسل میں لگا تھا۔ اکثر رات گئے چوروں کی طرح آتا۔ کپڑے بن بدلے ہی سو جاتا پھر صبح کو میرے اُٹھنے سے پہلے ہی کہیں غائب ہو چکا ہوتا۔

اس دن وہ آدمی رات گئے آیا۔ دروازہ ہمیشہ کی طرح میں نے بھڑا کر چھوڑ دیا تھا۔ اسٹوو میں پمپ مارنے کی آواز سن کر میری نیند اُچٹ گئی۔ دیکھا ونئے آ گیا ہے، چائے چڑھا رہا ہے۔ میری اور اچٹتی نظر ڈال کر بولا۔

"چائے پیو گے ساتھی؟"

لیکن اس 'ساتھی' میں وہ پہلے والی مٹھاس نہ تھی۔ چہرے سے بھی کسی انجانے خطرے کی بُو آرہی تھی۔

اسٹوو کچھ پل چنگھاڑتا رہا۔ پتّی ڈالنے اور کچھ دیر تک کھولنے کے بعد اُس نے چیختے اسٹوو سے ہوا نکال کر اُسے شانت تو کر دیا پر خود بھڑک گیا۔

"لو ساتھی۔ چائے پیو۔ کیسی آزادی ساتھی۔ کیسی لیبرٹی۔ سب ایک گھناؤنا مذاق ہے ہمارے ساتھ۔ سب کو گونگے تماش بینوں کی طرح رہنا ہے۔"

میں نے چائے کا پہلا گھونٹ لیا پھر پوچھا۔

"کوئی گھٹنا گھٹی کیا؟ پھر کہیں پولیس سے مُڈبھیڑ تو نہیں ہوئی۔"

"ہوئی ہے۔" وہ اس لفظ کو کھینچ کر بولا۔ آپ اسے غلط نہیں کہہ سکتے۔ کہیں گے تو پولیس کے کتے آپ کو پیٹیں گے۔ سرکار بھی کتوں کی ہے۔ وہ آپ ہی کو اپرادھی ٹھہرائے گی اور آپ کا قصور۔ قصور صرف اتنا ہے ساتھی کہ آپ سچ کا اعلان کر رہے ہیں۔"

"کہاں کیا تھا ناٹک؟"

"دور ہیں، فرید آباد میں۔"

میں تھوڑا کھیج کر بولا۔ "تم یہاں صرف ناٹک دکھانے آئے ہو یا اپنا کوئی کیریئر بنانے۔ ایک دن جب خود ناٹک بن جاؤ گے تو کوئی تمھارے حال پر تھوکنے بھی نہیں آئے گا۔"

"یہ ناٹک نہیں ہے۔"

پہلی بار دیکھا تھا جذبات کی رَو میں ونئے کو چیختے ہوئے۔ "یہ ناٹک نہیں ہے ساتھی۔ یہ تو سڑے گلے رینگتے کیڑوں تک کو دکھانے کی کارروائی ہے، جسے وہ جیون کہتے ہیں۔ سچ کہنا ساتھی۔ اپنی بیوی بچوں کی چنتا کیا۔ ہمیں دوسروں کے دُکھ سکھ کے احساس سے کاٹ نہیں ڈالتی؟ تو پھر اپنی بیوی بچوں میں ایک سُکھد (سکھی) جیون کی تلاش سے دوسرے گھروں میں اُسی سُکھد آنند کا احساس نہ ڈھونڈ پانے کی غلطی کیا ایک غیر مہذب جنگلی پن نہیں ہے؟"

اس کی آنکھیں سُرخ ہو رہی تھیں ۔۔ وہ ہمیں مجمع لگانے نہیں دیتے ۔ نعرے لگانے سے روکتے ہیں ۔ ہمارے جھنڈے پر پھبتی کستے ہیں ۔ ’سیٹو‘ کا ذکر آجائے تو تاؤ کھا جاتے ہیں ۔ کہتے ہیں اِسک وِسک کے ناٹک کرو ۔ حوالات میں ڈالنے کی دھمکی دیتے ہیں ۔

”کوئی مار پیٹ ہوئی کیا؟“

ٹھنڈی چائے کا آخری گھونٹ وسنت نے اپنے گلے کے حوالے کیا ۔

”نہیں، پولیس والے وارننگ دے کر گئے ہیں آج ۔ لگاؤ مجمع کل پھر دیکھیں گے ۔ نشاط کہتا ہے کل بھی مجمع لگے گا ۔ ہم سب کہتے ہیں جو ہوگا دیکھا جائے گا۔“

”بات بڑھانے سے فائدہ ہی کیا ہے ؟“

”اسے ضد کہہ لو ۔ پر جو ہوگا اسے کل بھگتیں گے ۔“

وسنت نے چادر کھینچ لی اور سونے کی تیاری کرنے لگا ۔ ایک سہما سا ڈر سلیٹے میں لیٹ گیا ۔ لیکن اس رات کافی رات تک مجھے نیند نہ آسکی ۔ لیکن دوسرے دن جو ہوا اس کا اندازہ تو پہلے ہی لگ گیا تھا مجھے ۔ چھ بجے اُن کے ناٹک کا وقت تھا اور سات بجے تک پولیس کے ذریعہ نشاط کی غیر انسانی ڈھنگ سے ہوئی ہتیا (قتل) کی خبر پورے شہر میں پھیل چکی تھی ۔ اُس وقت میں دفتر میں ہی تھا جب ٹیلی فون کا چونگا میرے نام بج اٹھا اور میرے ایک صحافی دوست نے یہ بُری خبر مجھے سُنائی ۔ خبر سُنتے ہی میں نے ایک ہلکی سی چیخ ماری تھی ۔ پھر چھوٹتے ہی پوچھا ”وسنت کی کیا خبر ہے ؟“

”ابھی کچھ پتہ نہیں ۔“

اب آگے پوچھنے کی ہمت نہ جُٹا سکا ۔ میرے پورے وجود میں گہرے سناٹے کے سرخ شعلے رکھ دیئے گئے تھے ۔ نشاط کو میں بھی جانتا تھا ۔ بہت اچھی طرح تو نہیں پھر بھی اس کی ایکٹیوٹیز کو جانتا تھا ۔ ایکٹا نکڑ منچ سے جڑاؤ اور اس کے زبردست کمٹمنٹ کا میں بھی فین تھا ۔ باڑھ اور سوکھا پیڑتوں کے لئے گھر گھر جا کر فنڈ اکٹھا کرنا ، فرقہ وارانہ دنگوں میں مارے گئے لوگوں کے گھر والوں کو آرتھک سہایتا (مالی مدد) دینا ان کی لمبی تفصیل تھی ۔ نشاط کے سب جاننے والے اس کے اُن کام کے طریقوں سے واقف تھے ۔ آنکھوں کے سامنے

اب بھی وِنئے کا سلگتا ہوا چہرہ تیر رہا تھا۔

یہ خبر اتنی بھیانک تھی کہ میں نے فوراً آفس چھوڑ دیا۔ اندر تک جیسے تیز کپکپاہٹ اتر آیا تھا۔ کیا کروں۔ کہاں جاؤں۔ اب ایک ہی اڈہ تھا منڈی ہاؤس جہاں پورے سماچار کے ملنے کی امید بندھی تھی۔ یہ بھی تھا کہ جب تک ونئے نہیں آجاتا میرے بھیتر کی اگنی شانت نہیں ہوسکے گی۔ منڈی ہاؤس میں ایک عجیب سا کولاہل میرے انتظار میں تھا۔ وہاں جو خبر مل سکی اس کے مطابق کسی بنے بنائے پروگرام کی طرح پولیس کا حملہ جیسے کسی دشمن سینا پر کیا جاتا ہے۔ ٹھیک ویسے ہی مورچہ سنبھالا تھا پولیس نے۔ آنسو گیس چھوڑی تھی۔ نشاط نے سب کو بھاگ جانے کے لئے کہہ کر خود ہی مورچہ سنبھال لیا تھا۔ نشاط کا شو دلاش انکڑے استھان کے پاس ہی ایک نالے سے برآمد ہوا تھا۔ یہ بولنے کی آزادی پر حملہ تھا۔ منڈی ہاؤس میں تیز تیز بولتی آوازوں سے اتنا ضرور لگا تھا کہ یہ آگ جلدی شانت نہیں ہوپائے گی۔

اس رات کافی انتظار کے بعد بھی ونئے نہیں آیا۔ ساری رات بے چینی میں گزری۔ کروٹیں بدلتا رہا۔ پولیس کے ذریعہ زخمی کئے گئے کچھ اور آدمیوں کی خبریں بھی مجھے مل گئیں۔ یہ بھی خطرہ تھا کہ کہیں ان میں ونئے نہ ہو۔ دوسرے دن صبح نو بجے کے آس پاس دفتر جانے کے لئے تیار ہی ہو رہا تھا کہ دروازے پر دستک ہوئی۔ دروازہ کھولا تو اچانک ایک پل کو ٹھٹھک گیا۔ سامنے ونئے تھا... لاش جیسا سرد... سارا آکروش جیسے اس نے اپنی آنکھوں اور چہرے پر بھر رکھا ہو۔ کچھ بولا نہیں۔ دروازہ بند کرنے تک وہ چپ چاپ میرے ساتھ بھیتر آگیا۔ میں صرف اس کا سلگتا ہوا چہرہ دیکھ رہا تھا... کچھ پوچھنے کی ہمت نہیں جٹا پایا۔

"چائے پیوگے؟" آہستہ سے پوچھا میں نے۔

اس نے بس منڈی ہلادی۔

پمپ مارنے اور چائے چڑھانے تک میں نے کئی بار اس کے چہرے کو دیکھا۔ وہ منہ نیچا کئے کسی گمبھیر فکر میں ڈوبا تھا۔

اس کی طرف چائے بڑھانے تک کچھ پوچھنے کی ہمت پیدا کرسکا تھا میں۔

"ونئے۔ یہ سب؟"

"سامی۔۔۔" درد کا احساس ہوتے ہی ایک دم سے اس کی آنکھیں چھلچھلا آئیں اور وہ پھوٹ پھوٹ کر رو پڑا۔ ہچکیاں نکل آئیں۔ میں اب تک گم صُم اس کے وجود میں چھپے زخم کا اندازہ لگا رہا تھا۔ ونئے پولیس کی مار سے تو بچ گیا، پر اس گھٹنا کا ایک چشم دید گواہ تھا۔ پتہ نہیں کیا سوچ کر اُس نے میری طرف دیکھا اور کہنا چاہا۔۔۔ تم روٹیوں کی دُکانوں پر فوج تو نہیں بٹھا سکتے نا۔ بٹھاؤ گے تو بھوکی عوام دُکانوں پر تو حملہ بولے گی ہی۔"

اصل کارروائی تو بعد کو ہوئی تھی۔ دو چار روز اور گزرے۔ نشاط کی موت حقیقت میں جنگ کا بگل بن کر آئی تھی۔ میڈیا ورلڈ نے اُسے ہیرو بنا دیا تھا۔ دھواں دھار اداریے، جلوس در جلوس، ہنگامے، ہڑتالیں۔۔۔ بندی۔۔۔ ونئے بھی دن رات ان کارروائیوں کا ایک حصہ رہا تھا۔ وجہ یہ بھی تھی کہ پولیس آکرمن (حملہ) کی پوری کارروائی اس کے سامنے ہی ہوئی تھی اور اسی کے شبدوں میں، اب اُس نے بھی ویسے ہی ہٹیلے پن سے مورچہ لینے کی ٹھان لی ہے۔ سچ تو یہ ہے کہ اس پورے ہنگامے سے وہ بہت زیادہ جذباتی دکھتا تھا اور اس جذباتیت کو آسانی سے اس کے چہرے پر تلاش کیا جا سکتا تھا۔ اس رات وہ کافی تھکا ہوا تھا۔ کئی روز کی تھکان تھی۔ پورے پورے دن اور رات کی تھکن۔۔۔ اس دن سونے سے پہلے ونئے کی لرزتی آواز کی کپکپاہٹ میں ایک عجیب سا ہیجان چھپا تھا۔

"دیکھا نہ سامی۔ ایسے آتی ہے کرانتی۔۔۔ اب مجھے نشاط کے مرنے کا اتنا دُکھ نہیں ہے۔۔۔ گورکی کو پڑھا ہے تم نے۔۔۔ اس کی ماں، پڑھی ہے۔ یاد ہے پاویل ولاسوف کی۔۔۔ اس مزدور کی۔۔۔ جو اچانک ہی انقلاب کا ایک تیز شور بن گیا۔ لگتا ہے کہ نشاط نے بھی مرتے مرتے اسی پاویل کی بھومیکا نبھائی ہے۔ تمھیں کیا لگتا ہے سامی۔ یہ آگ رُک پائے گی۔۔۔ تم پائے گی۔۔۔؟"

اس دن چپ رہا میں۔ اچھا نہیں لگا۔ کچھ کہتے ہوئے۔ سچ تو یہ ہے کہ تھوڑا ردِ عمل مجھ میں بھی تھا۔ اس لئے دل سے یہ آواز ضرور اُٹھ رہی تھی کہ اس کارروائی کو ابھی آگے بھی جاری رہنا چاہیئے۔ منڈی ہاؤس میں نشاط کے نام پر ادھر لگاتار سبھاؤں کا آیوجن

ہو رہا تھا۔ اس رات ساڑھے دس بجے کے لگ بھگ گھر لوٹا تو دیکھا ... ونئے کی چادر پر مڑا تڑا ایک چھوٹا سا پرزہ پڑا ہے ... کھولا تو ایک عجیب سا احساس مجھے دہلا گیا تھا۔ اس کا مطلب ونئے بیچ میں آیا تھا۔ پرزہ کافی دیر تک میرے ہاتھوں میں کانپتا رہا لکھا تھا،

"ہم موک درشک (گونگے سامعین) ہیں
کچھ نہیں بولتے
کچھ نہیں کہتے

چھوٹے شہروں سے
جنم سے ورثے میں ملی بھاوکتا سینچے
یہاں کٹھ پتلیاں بننے آئے ہیں ہم
اور روندے جاتے ہیں پاگل سینا کے گھوڑوں کی ٹاپوں کے نیچے
وہ مزدوروں اور ان کی سمسیاں کی باتیں کرتے ہیں
باتیں کرتے ہیں وہ مارکس، لینن اور ماؤ کی وچار دھاراؤں کی
یہ سب محض ایک عیاشی ہے ان کے لئے
ذہنی عیاشی
اور سے اپنے ہی جیسے چند بورژوا شنکیوں کے بیچ فلاسفر کہلانے کا احساس
اپنی گمبھیرتا سے کسی چالاک شاسک کی طرح میٹھی میٹھی باتیں کرکے
وہ کسی جونک کی طرح لہو چوستے ہیں ہمارا
ہم سب موک درشک ہیں
ہم کچھ نہیں کہتے
کچھ نہیں بولتے"

پھر یہی کویتا اس کے چہرے پر بھی لکھی دکھائی دینے لگی۔ میری خواہش ہوتی کہ اس سے کہوں۔ تم پاگل ہو... یا بن رہے ہو... بھاوکتا کے لفظ رہے سے آدمی کی پیمائش

بھی نہیں ہوتی۔ پارٹی تو الگ چیز ہے لیکن یہاں تو تم وقتی بہاؤ کے بہاؤ میں کسی بھی حالت یا واقعے کو لے کر، چاہے قصوروار چند لوگ کیوں نہ ہوں، تم پوری پارٹی کو ہی غلط سمجھنے کی بھول کر رہے ہو۔ ایسے کئی موقعوں پر میں نے دیکھا تھا۔ اس نے چھوڑ دوں گا، بے کار ہے... جیسے شبد بھی اپنی زبان سے نکالے تھے۔ مجھے لگا کہوں... کہ دراصل تم نے اپنا ایک الگ تصوّراتی محل تعمیر کیا ہے اور جب بھی کبھی تم اس محدود دائرے سے باہر دیکھتے ہو تو تمہیں غلط لگتا ہے... کہنے کو کتنی ہی باتیں تھیں، لیکن فائدہ ہی کیا تھا۔ وتنئے دن بدن کمزور اور ہارا ہوا سا لگنے لگا تھا۔ کئی بار اس نے دفتر سے ملنے والے پیسے کو لے کر بھی اداسی ظاہر کی تھی۔ اُسے میں صاف دیکھ رہا تھا۔ ہاں گھر لوٹنے کی بات کہہ کر اس نے اپنا منشا صاف صاف کر دیا تھا... کہ اب وہ پوری طرح اپنے کھوکھلی بھاوکتا سے ہار چکا ہے۔ نہیں تو کامریڈ نشاط والے سیلن کو وہ اس طرح بیچ میں چھوڑ کر نہیں آتا اور اپنا یہ فیصلہ نہیں سُناتا۔

"مجھے لگتا ہے یا تو میں مورکھ (بیوقوف) بن رہا ہوں یا بنایا جا رہا ہوں۔ یہ لڑائی غلط موڑ چلے رہی ہے۔ اب لگتا ہے کہ یہ پوری کارروائی نشاط کی موت کو کیش کئے جانے کے لئے ہو رہی ہو۔ دراصل انقلاب کی مشعل چند غلط بورژوا سوچ والے پونجی پتی ہاتھوں میں چلی گئی ہیں اور وہ اس کا راج نیتک استعمال بھی کر رہے ہیں۔ دراصل نشاط کی موت کا سوگ نہیں منایا جا رہا، جشن منایا جا رہا ہے... وقت کے پنّوں پر اب صرف وتنئے کے لوٹنے کی داستان درج ہے۔ میں دیکھ رہا ہوں وہ چُپ چاپ میرے پاس آکر کھڑا ہو گیا ہے... ساتھی... اب واپس لوٹنا چاہتا ہوں ساتھی۔ ان سب نے تھکا دیا ہے مجھے... چھ... سال چھ مہینے... ان مہینوں میں صرف ایک خوشگوار لمحے کے تصوّر میں میرا استعمال ہوا ہے۔ ساتھی، گاؤں یاد آرہا ہے۔ یاد آرہی ہے وہاں کی مٹی... ساتھی مجھے گاؤں بلا رہا ہے...

چھک... چھک... چھک... چھک... گاڑی پتہ نہیں کب کھلی۔ میں بھی جیسے اتنے برسوں کے ڈراؤنے خواب سے جاگا۔ ایسا کیوں ہوا؟ وتنئے میں یہ پریورتن

کیوں آیا؛ جس گھٹنا کو لے کر اتنا ر و مانچ سے بھر گیا تھا وہ، وہی گھٹنا اس کے لئے سیاست سے لبریز کیسے ہو گئی۔ نشاط کی موت سے وہ دیش میں جس سنہرے اُجالے کے اتہاس لکھنے کی بات کرتا تھا، اچانک وہ کارروائی بورژوا سوچوں والی مانسک (ذہنی) عیاشی کیسے بن گئی؟"

اب آنکھوں کے سامنے بس ایک ہی کویتا تیر رہی ہے ... آخری کویتا ... جانے سے قبل لکھی ہوئی کویتا ... جو اس کے پورے ٹوٹے پھوٹے وجود کا آبھاس (احساس) دے رہی ہے۔

"ایک عیاشی یہ بھی ہے
ذہن میں پل رہی پونجی واد سوچ کے پنّوں پر
غریبی اور اس سے جڑے ہوئے مسائل کا چہرہ بنانا
اس سے بھی بڑی عیاشی ہے
ایک اچھے نظریے کو بنیاد بنا کر
بچپن سے پالے گئے اپنے جذبات کا استحصال ہوتے دیکھنا

(یہ کہانی یہاں ختم ہوتی ہے)

نوٹ، آج بہت دنوں بعد اس کا خط آیا ہے ...

ساتھی!

یہ پتر تمہیں گاؤں سے لکھ رہا ہوں۔ بہت بدل گیا ہے اپنا گاؤں۔ بابوجی نہیں رہے ... پریوار والوں نے جیسے میری پھکڑتا کو دیکھ کر مجھے پہچاننے سے ہی انکار کر دیا تھا۔ ابھی تک کچھ کر نہیں پایا ہوں۔ گاؤں کو سمجھنے میں لگا ہوں۔ ہو سکتا ہے جلدی ہی ہاتھوں میں ہل اُٹھا لوں۔ لیکن ہل اُٹھانا کیا ایک پرکار (طرح) کا فرار ہو گا میرے لئے؛ نہیں ساتھی مجھے لگتا ہے۔ جیون کے اس ناٹک میں صرف میں نے اپنی بھومیکا بدلی ہے۔ اسے کہیں سے انسان کے جیون سے جڑی ہار جیت کا پرشن (سوال) نہیں بنانا۔ ہاں، کبھی کبھی ایک پرشن مجھے ستاتا ہے کہ یہ پوری جنگ کیا بغیر کسی جیت ہار کے

مَیں نے ختم کر دی یا اپنے طور پر میں جس تجزیہ کے دَور سے گزرا وہ صحیح تھا۔ ایسا بھی تو ہو سکتا ہے کہ مَیں ہی غلط ہوں۔ دراصل اپنے طور پر کوئی بھی رائے متعین کرتے ہوئے بھولنے بھٹکنے جیسی بات ہو سکتی ہے۔ ممکن ہے میری واپسی میری آدھ کچری سوچ کا نتیجہ رہی ہو...

اپنے اس تجزیہ کے سہارے میں پھر اسی نقطے پر پہنچ رہا ہوں کہ کیا یہ سب کچھ میری بھاوکتا (جذبات) کا کرا دھرا ہے۔ شاید ایسا ہے۔ اس لئے ایسی کسی تحریک سے جڑاؤ سے پہلے ہمیں اپنی اس کھوکھلی بھاوکتا کا بھی اَنت (خاتمہ) کرنا ہوگا۔ ہاں ساتھی "ہل" اُٹھانا اس مجبوری کا کہیں سے کوئی حل نہیں ہے۔ پر ایسا کرتے ہوئے اب تک کی اپنی بھاوکتا کو پتھر کی طرح تراشتے ہوئے لگتا ہے۔ کہیں ایک جنگ کا من بنا رہا ہوں میں۔ لیکن کیا دوسروں کو بھی اس طرح جنگ کا من بناتے ہوئے، اسی طرح گاؤں لوٹ کر ہاتھوں میں "ہل" اٹھانا ہوگا؟ نہیں ساتھی۔ میں ایسا نہیں مانتا۔ اس کے لئے مجھے اپنے سپنوں کی وہ چھت توڑنی پڑی ہے جس کی کھوج مجھے مہانگری لے گئی تھی۔ ہو سکتا ہے مجھے نئے سرے سے اس جنگ کے لئے کوئی اسٹریٹجی تیار کرنی پڑے۔ ابھی اس کا خاکہ کیا ہوگا۔ یہ صاف طور پر میرے ذہن میں نہیں ہے۔ پھر بھی اسے لے کر بار بار سوچ رہا ہوں اور گاؤں میں اپنے ہی جیسے نوجوانوں کا ایک منچ تیار کر رہا ہوں۔

ساتھی، تم نے ایک بار کہا تھا، مَیں تھوڑا نہیں بہت کنفیوزڈ ہوں۔ اس لئے ان سب باتوں کے باوجود میری سوچ وہیں مُڑ رہی ہے کہ کیا یہ سب ایک تحریک سے روحانی وابستگی، یہ سب صرف زندگی کو اپنے نظریے سے دیکھنے اور پہچاننے بھر ہے۔ آنکھیں بند ہونے کے بعد دوسرے اسی تخلیقی مراحل کا ایک حصّہ بن جاتے ہیں... اور ناٹک لگاتار چلتا رہتا ہے... تو کیا سچ صرف اتنا ہے ساتھی؟ تو کیا ہم سب جادوگر کے بند ڈبے سے نکلنے والی مُرغی ہیں یا کسی اَنہونی کی پرتکچھا میں اس ناٹک کا حصّہ بنے رہتے ہیں؟ مجھے پُورا جیون کسی سچ کی کھوج جیسی سچائی سے انکار نہیں ہے... سارے دھرم، ساری تحریکیں، سبھی اس کھوج کو لے کر جمی ہیں... ہر دَور، ہر صدی میں — اور یہ پوری کھوج

کسی مرگ ترشنا جیسی ہے ... کبھی ختم نہیں ہونے والی۔ جیون کا راز بنے رہنے میں ہی ہے ... اس لئے کہ اس راز میں ہی جیون کا سوندریہ (خوبصورتی) چھپا ہے ... کیوں ساتھی؟ اس لئے میں نے بھی سچ کی اس کھوج کی حصّہ داری میں اپنا من بنا لیا ہے۔

لیکن کیا میرے ناٹک کا خاتمہ (انت) آنے والا کسے گا یا میں خود طے کروں گا۔ ابھی اس مدّے تک نہیں پہنچا ہوں۔ لیکن اتنا طے ہے کہ اس ناٹک میں اپنی بھومیکا کا چناؤ خود میرا کیا ہوا ہے۔ اس لئے مجھے مہانگری سے گاؤں واپسی یا اس کی بھومیکا پر کسی طرح کا پچھتاوا نہیں ہے۔

اچھا اب بند کرتا ہوں ساتھی — تمھارا ہی

دنئے

آجکل ۱۹۹۱ء ◆◆

ہجرت

سفر شروع ہو گیا تھا... زندگی کو نئے سرے سے جینے کی تیاری بھی مکمل تھی۔ پورا گھربار اٹھ کر ٹرین کے اس چھوٹے سے کیبن میں سمٹ آیا تھا۔ اُوپر والی دونوں برتھ پر ہرجیت اور گرجیت کی بیویاں آرام کر رہی تھیں۔ گرجیت کی لڑکی مینو اور ارپنا چُپ چاپ کچھ کھیلنے میں معروف تھیں۔ ہرجیت کا بچہ پرتیپال جگجیت کے پاس ہی بیٹھا تھا۔ کھڑکی سے سٹا ہوا آتے جاتے مناظر سے بور ہو کر بوڑھے وجود کے کھوکھلے پن پر پتھر برسانے لگتا۔

"لکھتی! کچھ بات کرو نا...؟"

"اپنا پنجاب کب آئے گا لکھی...؟"

"اپنا پنجاب بھی کیا ایسا ہی ہوگا اپنے شہر جیسا؟"

"اپنا مکان کتنا اچھا تھا لکھتی۔ کتنا اُونچا، کتنا شاندار، فرج، ٹی وی سب... وہاں یہ سب مل جائے گا لکھتی؟"

اس کی بک بک سُن کر ہرجیت نے ڈانٹا "لکھتی کو پریشان مت کرو۔"

بوڑھا جگجیت ان کے لئے بس لکھتی تھا۔ لکھتی سے زیادہ نہیں۔ پتہ نہیں کن جذبوں کے تحت معصومیت کے سوال سے گھبرا کر جگجیت نے پرتیپال کو گود میں بھینچ لیا۔ پرتو کو باپ کی ڈانٹ بُری لگی تھی۔ گرجیت اب بھی سامان ملا رہا تھا۔ دو ٹرنک... دو سوٹ کیس... تین چھوٹے بکسے... دو بریف کیس... جن پر سر رکھے دونوں کی بیویاں

آرام سے لیٹی پڑھ رہی تھیں۔۔۔ ناچتی انگلیوں پر اب بھی حساب چل رہا تھا۔ آنکھیں الجھی ہوئی تھیں۔ دماغ کچھ پریشان سا تھا۔ جگجیت سب کچھ دیکھ رہے تھے ۔۔۔ کھوئی کھوئی آنکھوں سے ۔۔۔ ہجرت کی ایک اور کہانی کو ۔۔۔

لکھی اپنے پنجاب میں بڑی بڑی بسیں چلتی ہیں نا ۔۔۔ بہت بڑا شہر ہے نا ۔۔۔ پرتیپال پوچھ رہا ہے ۔۔۔

معصوم دل میں کتنے خنجر اتر گئے پرتیپال بولے جارہا ہے ۔۔۔ لکھی پتا جی تو بتلاتے ہیں کہ تمہارا بچپن وہیں گزرا ہے تم نے تو پورا پنجاب دیکھا ہوگا لکھی ۔۔۔ مجھے تو سارے شہر ایک سے نظر آتے ہیں۔ پنجاب کیسا ہوگا لکھی؟"

ہرمیت نے پھر آنکھیں ترتریں۔ پرتیپال چپ ہوگیا۔ جگجیت نے چپ چاپ پرتیپال کے سر پر ہاتھ پھیرنا شروع کر دیا۔

پرتو پھر شروع ہوگیا۔ لکھی ہم پنجاب کیوں جارہے ہیں۔ سب کچھ کیوں بیچ دیا۔ دکان گھر سب کچھ؟

پرتیپال کی معصوم آنکھوں میں سوالوں کے کتنے ہی زہریلے خنجر اترے ہوئے تھے مگر اس بار ہرمیت کچھ نہیں بولا۔

اس بار گرجیت نے سامانوں کی گنتی بھی نہیں کی۔ سوال سنتے ہی جیسے کاٹھ مار گیا ہو۔۔۔ چپ چاپ اپنی سیٹ پر بیٹھ گیا۔ کسی نے بھی پرتیپال کو کچھ نہیں بولا۔ مگر دیر سے خاموش جگجیت اس بار چپ نہ رہ سکے۔

بیٹے ہماری قسمت میں بس ہجرت لکھی ہے۔ ہجرت جس کا مفہوم تمہارا معصوم ذہن ابھی نہیں سمجھ سکتا۔ لاہور سے آرہ اور آرہ سے پنجاب۔ پتہ نہیں اس بوڑھی تقدیر میں اور کتنی ہجرت لکھی ہے۔

آواز کانپ گئی تھی۔ تھرا گئی تھی۔ ایک ساتھ سب نے محسوس کیا۔ لکھی کی آواز بھیگ گئی ہے اور لکھی ان باتوں سے بے نیاز پھر سے دوڑتے مناظر کو دیکھنے لگ گیا تھا۔ دوپہر ڈھلنے کو تھی۔ سردی آہستہ آہستہ بڑھنے لگی تھی۔ بوڑھے ہاتھوں نے آہستہ سے ہاتھ

بڑھا کر کھڑکی سے شیشہ کھینچ دیا۔ پرتیپال کو ہرمیت نے گود میں لے لیا۔

"لکھی۔۔۔ آپ آرام کریں۔"

آرام کے نام پر لکھی چپ سے ہو گئے۔ کچھ بولے نہیں۔ ہاتھ بڑھا کر باسکیٹ سے اُردو کا کوئی رسالہ نکال لیا اور جیب سے پڑھنے کے لئے چشمہ نکالا، تو ہاتھ میں قرآن پاک کا نسخہ آگیا۔۔۔ آنکھیں بھیگ گئیں۔ جاتے وقت ملک زادہ نے کہا تھا،

جگجو تو جا رہا ہے۔ شاید یہ آخری ملاقات ہے ہم لوگوں کی۔ بھولنا نہیں وقت کے تھپیڑوں میں بھی دیکھ ہم نہیں بدلے۔ کچھ بھی نہیں بدلا جگجو، صرف وقت بدل گیا ہے اور تو جانتا ہے کہ بدلتا صرف وقت ہی ہے۔ جاتے وقت سوائے ان آنسوؤں کے ہم تجھے دے بھی کیا سکتے ہیں۔ مگر قرآن پاک کی یہ سورہ رکھ لے، راستے میں تیری حفاظت کے لئے کافی ہے۔

حفاظت۔۔۔ جگجیت کے آرام میں خلل پڑ گیا تھا۔ لیٹ نہیں سکے۔ سارے جسم میں بے چینی بھر گئی۔ قرآن پاک کے نسخے کو آنکھوں سے لگایا پھر جیب میں احترام سے رکھا۔ آنکھوں کو کتنا کچھ ڈس گیا۔۔۔ اُردو کا رسالہ ہاتھوں میں کانپ گیا۔۔۔ ملک زادے اطمینان سے رہ۔ تیرا خدا حفاظت کر رہا ہے میری۔۔۔ آنکھوں میں کتنے ہی لہو لہو منظروں کا آتش فشاں پھٹ گیا۔

"ملک زادے۔۔۔ اس ہجرت کے لئے میں تیار نہیں تھا۔ شہریار اور شہرزاد کی کہانیاں تیرے ہی شہر میں چھوڑے جا رہا ہوں۔ خسرو پرویز کی کہانیوں کے دن گزر گئے۔۔۔ آرام کے باغیچے میں اب داستانوں اور کہانیوں کے پھل نہیں اُگیں گے بس دُعا کرنا کہ جہاں جا رہا ہوں وہاں کی خمیر اپنا لے۔۔۔ بس"

جھرّی بھری پلکیں بھیگ گئیں۔ کانپتے ہاتھوں سے چشمہ ننھا سا چشمے کو غور سے دیکھتے رہے۔ پلکوں پر خلوص اور محبت کا کتنا بڑا قرض لئے یہ شہر چھوڑ رہے تھے لکھی۔۔

گاڑی رُک گئی تھی۔

"یہ کونسا جنکشن ہے لکھی؟" پرتیپال پوچھ رہا تھا۔

اپنا بہار ختم ہو گیا۔ ہم بہار سے باہر آگئے ہیں۔ مسکراتے ہوئے جگجیت بولے۔

پرتیپال ہنسنے لگا۔ ہم بہار کو پیچھے چھوڑ آئے ... ننھے ننھے ہاتھ تالیاں بجانے لگے لگتی تو نے پورا انڈیا گھوما ہے ... سچ بتانا، شہروں میں فرق ہوتا ہے کیا؟ سب کچھ تو اپنے بہار جیسا ہی لگ رہا ہے۔

جگجیت کے ہونٹوں پر مسکراہٹ بکھر گئی۔ بہو کی طرف دیکھ کر بولے۔ سردی بڑھ گئی ہے۔ پرتیپال کو گرم کپڑے دے دو۔ پھر پتہ نہیں کیا سوچتے ہوئے پرتو سے بولے۔

"فرق تو بس گاؤں میں بچ نکلے، شہر تو ایک ہی جیسے ہوتے ہیں۔"

شہر کے نام پر لاہور کی یاد آگئی۔ "بین" اور "سیاپے" کی دردناک فضا۔ جب وہ لاہور چھوڑ رہے تھے موراں بہن، نوراں آنٹی، اور کتنی ہی آنکھیں ... چھوٹے بھائی امریندر کی خون میں سنی ہوئی لاش ... سینے پر دو ہتھڑے مارتی ہوئی امریندر کی دیونگت ودھوا کتنے ہی چکتے اپنے پھولوں جیسے سینے میں اُگائے جا رہی تھی ——

اُچی پگڑی والیا کتھے چھٹ گیا رے لال چوڑی والی نوں۔ ہائے ہائے شیرا ہائے ہائے میرا۔

امریندر نہیں رہا لاہور کے خونی نظارے آنکھوں میں گھوم گئے۔ گزری ہوئی تاریخ کا رتھ کچھ اور آگے بڑھا۔ جب ایک نئے شہر کو ہجرت کے لئے ایک بانکا جوان اپنے قدم تیز کر رہا تھا۔

تر ماں والیاں، بختاں والیاں تیری مدد کرتے۔

نندی نے آنسو پونچھے۔ چھوٹے ہرمیت اور گرجیت کو سینے میں بھرا۔ آنکھوں میں کتنے ہی تیر لئے جگجیت کے روئے روئے سے چہرے کو دیکھتی ہوئی بولی سب سامان بک گیا؟

ہاں جو تھا سب بک گیا اب سفر شروع ہوگا۔ ایک نیا سفر۔

باہر مکان کے نئے وارث کھڑے تھے۔

بچے رکشہ پر سوار ہو گئے تھے۔ سامان لد گئے تھے۔ جگجیت پھٹی پھٹی آنکھوں سے "سیاپا" اور "وین" کرتی آواز کو سنتے رہے۔ رکشے پر نندی کے ساتھ بیٹھ تو گئے مگر پھر اتر گئے۔ شاید کچھ رہ گیا ہو اسی بہانے ایک بار پھر اندر چلے آئے۔ مکان کو

خوب غور سے دیکھا اونے پونے. جتنی بھی قیمت لگی تھی بیچ دیا تھا۔ دیوار و در کو نم آلودہ آنکھوں سے گھورتے رہے۔ یہی تو وہ دہلیز تھی جہاں پہلی بار نندی سُرخ جوڑا پہنے اُتری تھی۔ اسی دہلیز پر تیما امریندر کا دکان سے لوٹنے کا انتظار کرتی تھی۔ اسی دہلیز پر خون میں سَنی امریندر کی لاش پڑی تھی . . . کچھ بوڑھے ہونٹوں سے نکلی خوفزدہ آواز اندر اندر گونج گئی . . . پورا لاہور جل رہا ہے لگتی . . . پورا لاہور . . . سب گھر بار چھوڑ کر بھاگ رہے ہیں۔ تو بھی بھاگ جا پتہ نہیں کب کیا ہو جائے ۔

تاریخ کا رتھ ایک چھوٹے سے گھر میں رُکا۔ یہ کرائے کا مکان تھا۔ پڑوسیوں نے خوش آمدید کہا۔ لُٹنے پر بھی وہ سوا لاکھ کے تھے۔ یہ آزادی ملنے کے کچھ پہلے کا زمانہ تھا۔ کتنے یار تھے جو پورے پورے لُٹ گئے۔ برباد ہو گئے مگر کسی نے بھیک نہیں مانگی۔ کسی کے آگے ہاتھ نہیں پھیلائے۔ اپنی نظروں کے مجرم نہیں بنے۔ کتنے سکھ دوست تھے جو سڑکوں پر سوئی تاگا اور کپڑے کا بنڈل لے کر گھر گھر بیچتے ہوئے نظر آتے۔ تجارت کے نام پر ایک بار پھر نئے سرے سے جینے کی تیاری شروع ہو چکی تھی۔ لُٹنے کے بعد بھی یہی کہتے رہے سکھ قوم نے گرو گوبند سنگھ، گرو تیغ بہادر اور بندہ بہادر جیسے شیروں کو پیدا کیا ہے۔ ہم جنگجو قبیلے کے لوگ ہیں۔ ہارنا نہیں جانتے اور پھر دیکھتے ہی دیکھتے کپڑے کا بنڈل لے کر گھر گھر دوڑنے والے محنت کش تیزی سے ترقی کرنے لگے۔ کرائے کے مکان سے باہر نکل کر اپنے اپنے گھر بننے لگے۔ دُکانیں اُونچی اٹھنے لگیں۔ پھر نہ سوئی تاگہ تھا نہ کپڑے کا بنڈل۔ نہ گھر گھر چلانے کا کام . . . اب بزنس بڑھ رہا تھا، ترقی ہو رہی تھی، کپڑے کے نئے نئے مارکیٹ کھل رہے تھے اور عمارتیں روز روز بلند ہوتی جا رہی تھیں . . .

ایسے میں سردار یارڈی میں ایک اور مکان اُٹھا۔ اونچا سا، تین منزلہ۔ یہ مکان جگجیت کا تھا۔ جگجیت کے خون پسینے سے بنایا ہوا۔ نندی نے مکان کے کتنے ہی نقشے دیکھے اور اپنے رنگ کا نقشہ پسند کیا۔ یہ کھڑکیاں یہاں ہونی چاہئیں۔ کچن یہاں۔ ڈرائنگ روم یہاں۔ جب تک مکان بنتا رہا نندی خود بھی پریشان رہی۔ سارا سارا دن مکان میں لگی رہی۔ ہرمیت اور گرجیت سے بھی خوب خوب کام لیتی۔ وہ منع بھی کرتا . . .

نندی تھک جاؤگی۔ مکان بننا آسان نہیں ہوتا۔۔۔ نندی کا جواب ہوتا، تم دُکان دیکھو جی۔ مجھے چھوڑ دو۔ پتہ نہیں نئے مکان سے نندی کو کیا لگاؤ تھا۔ کیسے خواب تھے مگر جب مکان بن گیا، رنگ چڑھ گئے تو وہ خود بھی بھونچکا رہ گیا۔۔۔ نندی یہ تو اپنا لاہور کا گھر ہے۔۔۔ لاہور کا گھر۔۔۔

ہاں جی۔۔۔ نندی رو رہی تھی۔۔ سسکیاں لے رہی تھی۔۔۔

"ہم لاہور میں لوٹ گئے نندی؟"

پھر نندی کے ساتھ ساتھ وہ باہر والی دہلیز پر بیٹھ گیا۔ یاد ہے اس دہلیز سے پرتیما یاد آتی ہے۔ نندی آہستہ سے بولی۔

آنکھوں میں امریندر کی خون میں سنی لاش گھوم گئی۔ لاہور کے ہنگامے یاد آگئے۔ آنکھوں میں کتنے ہی خونی منظر رینگ گئے۔ دروازے پر ہلکا سا کھٹکا ہوا۔۔۔ آواز آئی "بھابھی"

"ملک زادے اندر آجا" جگجیت آواز پہچان کر بولے۔

ملک زادہ اندر آگیا۔ خاموشی سا جب تک مکان بنتا رہا ملک زادہ وقت پر آتا رہا۔ گھر سے کچھ نہ کچھ بنا کر لے آتا۔ نندی کو ملک زادہ کی بیوی کی بنائی ہوئی موری روٹی اور بھاجی خوب پسند تھی۔ شوق سے کھاتی۔ ملک زادہ اس کے پاس بیٹھ کر پرانی داستان کی کڑیاں جوڑنے لگا۔

"اب تم کافی دُور آگئے جگجو۔ شاید اب ملاقات کے لئے روز وقت نہ مل پائے"

"میرا گھر تجھے پسند نہیں ہے شاید" جگجیت مسکراتے ہوئے بولے۔

"تیرا گھر نہیں، بھابھی کا گھر۔۔۔ پسند کیسے نہیں آئے گا" ملک زادہ ہنسا۔

"کہتے ہیں کہ ایک بار روم کے بادشاہ نے۔۔۔"

"بس کر۔ پھر کبھی شروع کرنا۔۔۔ تجھے اپنی داستان شروع کرنے کے لئے کوئی بہانہ چاہیئے"

ملک زادہ جا رہا ہے سر جھکائے۔ تاریخ کے رتھ پر خون کے چھینٹے پڑ گئے ہیں...

ملک زادے، شہر یار اور شہر زاد کی کہانیاں بوڑھے کے دل میں ہمیشہ گونجتی رہیں گی۔ خلوص اور محبت سے نکلی یہ کہانیاں ہزاروں ہجرت پر بھاری ہیں، مگر ہجرت کے ہر نئے سفر میں ملک زادہ کہاں سے ملے گا؟"

"بوڑھے کی آنکھوں میں جھل مل کرتے آنسو تیر گئے ہیں۔"

"لکھی ۔۔۔ آرام سے سو جاؤ، تمہاری آنکھوں سے آنسو بہہ رہے ہیں لکھی۔"

پرتیپال کے معصوم چہرے کو دیکھتے ہیں جگجیت ۔۔۔ کچھ کہتے نہیں۔ آنسو پونچھ لیتے ہیں آسانی سے ۔۔۔ اپنی قوم پر غداری کا لیبل کبھی نہیں لگا۔ یہ قوم تو فاتح رہی تھی۔ شیر رہی تھی۔ نانک کے بھگتی اپدیش گونجتے تھے یہاں ۔۔۔ مگر مذہب کے سب دھاگے ٹوٹ گئے ۔۔۔ ایک ایک کر کے سکھ مذہب کے ماتھے پر کلنک کا ٹیکا جڑ دیا گیا۔ بہادر شیر کو بھرے بازار میں بزدل کہہ کر ننگا کر دیا گیا۔

دروازے بند تھے، کھڑکیاں بند تھیں۔ دکانوں پر شٹر گرے تھے۔ اچانک بالکل اچانک دو پاگل سکھوں نے پوری سکھ برادری کے نام غداری کا وارنٹ جاری کرا دیا تھا۔

دروازے پر پتھراؤ ہو رہے تھے۔ لوگ پاگلوں کی طرح چیخ رہے تھے۔ وحشت کے بوکھلائے ہوئے ہاتھ شٹر توڑ رہے تھے۔ کتنی خبریں جل رہی تھیں۔ گرو نانک مارکیٹ میں بم پھینکا گیا۔ گھرانہ اسٹور جلا دیا گیا۔ ان کے سکھ دوستوں کی کتنی ہی دکانیں جلا دی گئیں۔ لوٹ لی گئیں۔ گھر میں عجیب سا دہشت بھرا ماحول تھا۔ بچے بند کمرے میں الگ پریشان تھے۔ ذہن سوچنے سمجھنے سے لاچار ہو رہا تھا۔ ہر میت اور گرجیت کی بھی بری حالت تھی۔ دروازے پر ہونے والی ہر تھاپ کے ساتھ بدن میں خوف اور تھرتھری سما جاتی۔ باہر پھینکے جانے والے ہر پتھر کے ساتھ اربنا اور مینو کے رونے چیخنے کی آواز تیز ہو جاتی۔ جلتے ہوئے شٹر اور پاگل کر دینے والی چیخوں کے ساتھ پرتو مچل جاتا اور بوڑھے جسم میں کتنے ہی خنجر پیوست ہو جاتے۔

لکھی نے وحشت بھری کتنی ہی منحوس خبروں کے لئے خود کو تیار کر لیا تھا۔ ہر میت کی دکان لوٹ لی گئی۔ گرجیت برباد ہو گیا۔ ظالموں نے سب جلا ڈالا۔ سب کچھ لوٹ لیا۔ ہر میت کی مٹھیاں بھینچ گئیں۔ گرجیت رو رہا ہے۔ اس کی پتنی رو رہی ہے۔ بچے رو رہے ہیں۔ لکھی دوسرے

کمرے میں چلا آیا ہے۔ نندی اچھا ہوا، تو چلی گئی۔ کم از کم وحشت کا یہ ننگا رقص دیکھنے سے تو بچ گئی تا ... شہر میں کرفیو لگا ہے۔ پولیس جیپ دہشت بھرا سائرن بجاتی سڑکوں پر دوڑ رہی ہے۔ بچے بھوکے ہی سو گئے ہیں۔ چاروں طرف تاریکی کی حکمرانی ہے... ایسے میں دروازے پر ہلکی سی تھاپ پڑتی ہے کمزور مگر مضبوط آواز گونجتی ہے۔

"لکمی دروازہ کھولو..."

دروازہ کھولا جاتا ہے... ملک زادہ کھڑا ہے... کچھ چاہیئے... کچھ ضرورت ہے... تم لوگوں نے کھانا کھایا... بھونے... لڑکوں نے... بچوں نے...؟

ملک زادے! ہم غدار ہو گئے۔ لکمی رو پڑا ہے۔ کل تک دیش کے نام پر جو سکھ اپنے چوڑے چکلے سینے میں دشمنوں کی گولیاں اُتار کر شہید ہو جایا کرتے تھے۔ آج وہی غدار ہو گئے ہیں ملک زادے۔

"گھبرامت لکمی! سب وقت کا کھیل ہے۔ سب ٹھیک ہو جائے گا۔"

ملک زادہ سبزیاں لے آیا۔ گھی، دودھ، تیل لے آیا ہے۔ بچوں کو اُٹھا کر کھانا کھلایا جا رہا ہے۔

"میں جا رہا ہوں" ملک زادہ کے چہرے پر گھبراہٹ ہے "کمبختوں نے مجھے دیکھ لیا تو مجھے بھی غدار..."

بند دروازہ سے جیسے دبے پاؤں آیا تھا۔ ویسے ہی چلا گیا ملک زادہ۔ دُور اندھیرے میں پولیس جیپ کا سائرن پھر گونج اُٹھا۔ ہرمیت بوکھلایا ہوا کہہ رہا تھا "ایسا کب تک چلے گا لکمی۔ کب تک گھروں میں یوں قید رہنا ہوگا۔ بزنس وغیرہ سب چوپٹ ہو گیا ہے۔

پولیس جیپ میں بیٹھ کر ہرمیت اور گرجیت دونوں اپنی لٹی ہوئی دُکان دیکھ آئے تھے۔ ایک بھی کپڑے کا تھان باقی نہ تھا۔ گھر آکر دھاڑیں مار کر رو پڑے تھے دونوں۔ لکمی نے سمجھایا تھا۔ نادان بچو، سکھ برادری کو تجارت کے منافع بخش اصولوں پر فخر رہا ہے یہ سوئی تاگے اور کپڑے کے ایک ہی تھان سے کئی کئی منزلہ عمارتیں کھڑی کر لیتے ہیں۔ بازوؤں میں دَم رکھ بیٹے! گھبراتا کیا ہے، جو پونجی بینک میں پڑی ہے اسی سے بزنس شروع کر دے۔ سب ٹھیک ہو جائے گا۔"

" پہلے باہر تو دیکھ لینے دو لکھی۔ باہر کی فضا اچھی نہیں ہے۔ ہمارے لباس، ہمارے چہرے پر وطن سے غداری کی کالک پوت دی گئی ہے اور امید نہیں ہے کہ آنے والی صدیوں میں یہ کالک اپنے چہرے سے ڈھل پائے گی۔"

کانپ رہا ہے ہرمیت، ایک نئے فیصلے کے ساتھ دکان تو ختم ہو ہی چکی ہے لکھی۔ بزنس ٹھپ پڑ چکا ہے۔ جن کی دکانیں بچ گئی ہیں ان کے بزنس پر بھی اس کا اثر پڑے گا۔ ہم اپنگو بنا دیئے گئے ہیں۔ ایکدم سے اپاہج۔ اب صرف ایک ہی جگہ بچ گئی ہے ہمارے لئے، یعنی پنجاب۔

پنجاب —— دھک سے رہ گئے تھے لکھی، یعنی پھر ایک نئی ہجرت کی تیاری... کچھ بولے نہیں اپنے کمرے میں لوٹ آئے بنچہ صاحب پر نظریں دوڑنے لگیں ... بوڑھی تقدیر میں کیا صرف ہجرت ہی لکھی ہے۔ پہلے لاہور سے آرہ، اور اب آرہ سے پنجاب ... پتہ نہیں، اور کتنی ہجرت باقی ہے۔

مہندر کور، نورا بہن، نوراں آنٹی اور امریندر کے خون میں سنے جسم سے ہوتا ہوا قصاب کا چابک پورے ملک پر برس گیا تھا۔ ایک ساتھ سب کے سب ذبح کر دیئے گئے تھے اپنی بھتری چھری سے لہولہان —— پنجاب میں امریندر کی دی ونگت ودھوا پریتا پر بھی تو ہے۔ پنجاب سے جڑی کتنی یادیں ہیں۔ مگر یہ شہر... اس شہر کے لوگ ... ہر دہلا دینے والے جھٹکے کے ساتھ چپ چپ ہونٹوں پر انگلیاں رکھے دلاسہ دیتا ہوا ملک زادہ، ملک زادہ کے قصے سب پیچھے چھوٹ رہے ہیں۔ سب پیچھے چھوٹ جائیں گے ... ٹرین پتہ نہیں کہاں پہنچ گئی ہے۔ بس صرف ایک منظر آنکھوں میں لہلہا رہا ہے۔ صرف ایک منظر فیصلے کی قاتل گھڑی آ ہی گئی۔ بوڑھا لکھی نندی کا کشن اپنے سینے سے دابے زار و قطار رو رہا ہے۔ نہیں بیٹے، نہیں۔ یہ نہیں بکے گا۔ نہیں چاہیئے ایسی ہجرت۔ یہ کشن نندی کا بنایا ہوا ہے۔ نندی نے کتنے پیار سے صوفہ سیٹ کے لئے یہ کشن تیار کیا تھا۔ یہ نہیں بکے گا۔"

" لکھی ضد مت کرو، پورے صوفہ کا سودا ہوا ہے۔ ٹی وی، فرج سب بک چکا ہے۔ ہم اپنے ساتھ زیادہ سامان نہیں لے جا سکتے۔"

لکھی رو رہا ہے۔ کشن کے مخملی غلاف میں منہ دیئے... یہ گھر نندی کا ہی تو ہے ...

نندی کے ہاتھوں سے بنایا ہوا . . . اس گھر کی اینٹ اینٹ میں نندی زندہ ہے۔ یہ سب بک جائے گا؟ بک جائے گا کیا؟ بک چکا ہے۔ نندی لاہور کو نہیں بھولی۔ آرہ میں لاہور کا گھر تعمیر کرلیا۔ اب پنجاب میں پھر لاہور کہاں سے لاؤں؟ نندی . . . کشن . . . بوڑھا لکھی ہانپ رہا ہے۔ جھرّیوں میں آنسوؤں کی بوندیں جذب ہوگئی ہیں۔ دونوں بہوئیں نم آنکھوں سے بوڑھے سسر کو دیکھ رہی ہیں۔ مینو، ارپنا دھاڑیں مار رہی ہیں۔ پرتیپال سسکیاں لے رہا ہے . . . ہرمیت چپ ہے۔ گرجیت حساب لگا رہا ہے۔

سب سامان باندھ دیا گیا ہے باہر رکشہ لگا ہے۔ ملک زادہ پھولی ہوئی آنکھوں سے اپنے جگنو کو دیکھ رہا ہے اور اس کے گھر کے سب لوگ کھڑے ہیں . . . جاؤ لکھی . . . اپنے پرائے تن جائیں کو جانا ہی پڑتا ہے مگر اس ہجرت کے لئے میں تیار نہ تھا۔"

ٹرین پتہ نہیں کون سے سرنگ میں داخل ہوگئی ہے۔ ہلکا ہلکا اندھیرا چھا گیا ہے۔

"کھانا کھاؤ گے لکھی؟" ہرمیت پوچھ رہا ہے۔

لکھی اٹھ کر بیٹھ گئے ہیں۔ پتہ نہیں کیا پوچھ ڈالا ہے بیٹے سے . . . کونسا سوال، خود بھی یاد نہیں۔ مگر گرجیت کے چہرے پر ایک نیا رنگ اُگ آیا ہے۔ چہرے پر سلوٹیں بکھر گئی ہیں۔ گرجیت بتا رہا ہے۔

"لکھی، بس وہی ایک منظر جس میں تم سینے سے کشن کو دبائے سسک رہے تھے پتہ نہیں کیوں اس وقت ایسا لگا، اس ہجرت سے موت بہتر تھی۔"

گاڑی رُک گئی تھی۔ شاید کوئی جنکشن آگیا تھا۔

قوس (گیا) ۱۹۸۵ء
کہانی، ہندی

◆◆

مت رو سالگ رام

جس وقت کامریڈ نور محمد اسپتال لایا گیا اس کی لگ بھگ آدھی سانس اکھڑ چکی تھی۔ جسم کا کوئی بھی حصہ ثابت نہیں بچا تھا۔ دماغ کا آدھا گوشت تک باہر آگیا تھا۔ اس کے بچنے کی گنجائش بہت کم رہ گئی تھی اور جس وقت کامریڈ نور محمد کو اسٹریچر پر لٹا کر ایمرجنسی وارڈ میں داخل کیا گیا۔۔ وارڈ سے باہر آسمان کو گھورتی ہوئی دو آنکھیں تھیں، دو عجیب سی آنکھیں۔۔ نہ یہ آنکھیں سہمی تھیں، نہ ان میں خوف و ہراس تھا، بلکہ ان آنکھوں پر آسانی سے کسی کو بھی پاگل ہونے کا شبہ ہو سکتا تھا۔

یہ سالگ رام تھا۔ درمیانہ قد، دُبلا پتلا جسم، اندر تک دھنسے ہوئے گال، سانولا چہرہ، پتلی پتلی ٹانگیں، ایک میلا سا کرتا پائجامہ اور آدھی گھسی ہوئی ہوائی چپل پیر میں ڈالے۔ سر کے بال اُجڑے ہوئے، داڑھی بے ترتیبی سے بڑھی ہوئی۔ پھر یوں ہوا کہ اس کے بدن میں تیزی سے حرکت ہوئی۔ دونوں ہاتھ آپس میں التجا کرنے کے انداز میں اُٹھ گئے۔ گلے سے بھنچی بھنچی رونے کی آواز نکلی اور وہ آس پاس کھڑے لوگوں کے سامنے جا جا کر ہاتھ جوڑ کر کہنے لگا۔

”تم لوگوں نے نور محمد کو کیوں مارا بھائی؟ میں سچ کہتا ہوں وہ مسلمان نہیں تھا۔ میری بات کا یقین کرو لوگو... وہ مسلمان نہیں تھا۔۔ وہ مسلمان نہیں تھا۔۔“

"چلو چلو... ہ کسی نے جملہ کسا... "کوئی پاگل ہے"
سالگ رام نے گھور کر دیکھا... اندر سے نفرت کی ایک تیز لہر اٹھی... اس نے کچھ بولنے کی کوشش کی تو اسے لگا، اس کے منہ سے کتے جیسی بھنبھی بھنبھی چینیں نکل رہی ہوں. دانت نوکیلے اور سخت ہوگئے ہوں۔ وہ کسی کی طرف بھی لپک سکتا ہے. کسی کو بھی کاٹ سکتا ہے... اچانک اس کے گلے سے ایک گھرگھراتی ہوئی چیخ نکلی۔ اس سے پہلے کہ دوسرے لوگ متوجہ ہوں، وہ تیزی سے بھاگتا ہوا گیٹ کھول کر باہر نکل گیا۔

(۲)

سالگ رام جس وقت باہر آیا، دل و دماغ میں تیز تیز آندھیاں اُمڑ رہی تھیں۔ وہ سب کچھ دیکھ رہا تھا۔ سارے منظر صاف صاف تھے... ایک چھوٹا سا گھر، چارپائی بچھی ہے۔ کھاٹ پر ننگے بدن اس کا باپ بیٹھا ہے۔ سر منڈا ہوا ہے۔ پیچھے بالوں کی ایک چھوٹی سی چٹکی لٹک رہی ہے۔
سالگ رام — برف جیسے سرد الفاظ اس کے کانوں میں اُترے... اشنان کرلیا سالگ رام... مندر ہو آئے... پھر شلوکوں کا جاپ شروع ہوتا۔ بیچ بیچ میں رسوئی میں کھانا پکاتی امّاں کو گالیوں کا تھال پروسا جاتا۔ کیوں رے... ابھی تک کھانا نہیں بنا... کبھی کبھی شک لگتا ہے کہ تیری برہمن کی جات بھی ہے کہ نہیں۔
اندر ہی اندر سُلگ اُٹھتا سالگ رام... کچی مٹی کی ڈھلائی سے زمین کی سوندھی سوندھی خوشبو اُٹھ رہی ہوتی۔ اُٹھ کر وہ اماں کے پاس رسوئی میں جاتا۔ اماں کی سے روتی آنکھوں کو دیکھ کر سوچتا۔ بھگوان کی پوجا ارچنا تو سب بیکار ہے، جب من ہی صاف نہ ہو۔ اور سارے میں تلک پانڈے زور زور سے اشلوکوں کے پاٹھ میں مصروف تھے۔ کہاں تلک پانڈے اور کہاں سالگ رام۔ یہ نام کا چکر بھی عجیب ہے۔ کسی بھی بات میں سمجھوتہ نہ کرنے والے بابو نے دھرم کی راہ میں اُن کے اس ہریجن نام سے سمجھوتہ

کر لیا تھا۔ ہوا یوں کہ تلک پانڈے کو جب بہت دنوں تک کوئی اولاد نہیں ہوئی تو کہتے ہیں ایک پہنچا ہوا سادھو ان کے دروازے آیا تھا — الکھ نرنجن ... سو بھکچھا مانگی اور تلک پانڈے کی فریاد سن کر بولا — گھبرامت برہمن پتر — بچہ ہوئے گا۔ لیکن اس کا نام ہر برہمن کے نام پر رکھنا — سمجھ گیا نا بچہ —

نام میں کیا رکھا ہے — یوں سالگ رام نے اس ماحول میں آنکھیں کھولیں جب گھر کی ایک ایک شے میں دھرم سانپ کی طرح کنڈلی مارے بیٹھا تھا۔ بابو جی صبح ہی صبح بھکچھا مانگنے نکل جاتے پھر دوپہر ڈھلے یا شام ڈھلے واپس آتے۔ جب سالگ رام تھوڑا بڑا ہوا تو وہ بھی شامل ہونے لگا۔

تلک پانڈے کے گھر سے چند فرلانگ کی دوری پر ایک مسلمان کا گھر ہے۔ وہاں سے گزرتے ہوئے ایک بار سالگ رام کو دیکھ کر اس کا ہم عمر ایک لڑکا زور سے ٹھہاکا مار کر ہنس دیا تھا... لڑکے نے سالگ رام کے ننگے سر اور پیچھے لٹکتی ہوئی چٹکی کو دیکھ کر کہا۔

"تیرے سر پر پونچھ"

سالگ رام غصے میں بولا۔ "ملیچھ کہیں کا"

لڑکے کی ہنسی اچانک غائب ہو گئی۔ اس نے سالگ رام کو بڑے غور سے دیکھا۔ غصے میں بھرا ہوا سالگ رام دندناتا ہوا گھر پہنچ گیا۔ گھر پہنچ کر چھوٹے سے آئینے میں اس نے اپنی شکل دیکھی۔ اور اس کے سامنے اس کی عمر کے وہ سارے لڑکے گھوم گئے جو چہرے مہرے اور پہناوے سے کیسے سندر دِکھتے تھے... اور ایک وہ ہے — پیروں میں کھڑاؤں کی کھٹ کھٹ۔ بار بار کھل جانے والی دھوتی — جھولتا ہوا کرتا، منڈا سر، باہر نکلی ہوئی چٹیا۔ اسے گھن آ رہی تھی خود سے۔ نفرت محسوس ہو رہی تھی۔ یہ سب — جیسے اُسے ایک اچھی بھلی دنیا سے کاٹ کر کسی قید خانے میں قید کر دیا گیا ہو۔ مگر کسی بھی طرح کی بغاوت کے لئے لفظ کہاں تھے اس کے پاس۔ لفظوں کے گھنگھرو تو تلک پانڈے نے پیدا ہوتے ہی اس کے ننھے منے پاؤں سے کھینچ کر توڑ دیئے تھے۔

سالگ رام جیسے آگ کی نرم گرم بھٹی میں تپ رہا تھا۔۔۔ اس رات کافی دیر تک اسے نیند نہیں آئی، صبح ہونے تک وہ اپنی سوچ پر ایک نئے فیصلے کی مہر لگا چکا تھا۔۔۔ تلک پانڈے ہمیشہ کی طرح سویرے اُٹھ گئے۔ نہا دھو کر پوجا ارچنا سے فارغ ہو کر آواز لگائی۔

سالگ رام!

سالگ رام جیسے اس آواز کے انتظار میں تھا۔ آگے بڑھا اور اپنا فیصلہ سُنا دیا۔

آج سے میں آپ کے ساتھ نہیں جاؤں گا۔

کیا — ! تلک پانڈے کی آنکھوں میں حیرت تھی۔ وہ اُسے غور سے دیکھ رہے تھے۔ جس موئے نے کل تک بولنا نہیں جانا تھا آج انکار کا لفظ کیسے سیکھ لیا۔۔۔ اور سالگ رام نے اٹک کر اپنی بات ایکدم سے سامنے رکھ دی۔

میں پڑھنا چاہتا ہوں۔ میں پڑھوں گا۔ میں یہ سب نہیں کروں گا۔۔۔ مجھے یہ سب اچھا نہیں لگتا۔

تلک پانڈے کے دماغ میں جیسے ایک ساتھ ہزاروں میزائلیں چھوٹ گئیں۔۔۔ وہ اُٹھے، آگے بڑھے اور سالگ رام کے بدن پر تڑاتڑ طمانچوں کی بارش کر دی۔۔۔

سالگ رام اب بھی روتے ہوئے چلا رہا تھا۔۔۔ "مجھے یہ سب اچھا نہیں لگتا۔ میں یہ سب نہیں کروں گا۔ نہیں کروں گا۔۔۔ مجھے یہ چٹلی بھی اچھی نہیں لگتی۔ میں بال بڑھاؤں گا۔۔۔"

پھر ایک لمبا عرصہ گذر گیا۔ تلک پانڈے نے جیسے ہار مان لی۔ بوڑھے ہو گئے تھے۔ انقلاب کے اس نئے تیور کے آگے جھک گئے۔ بڑی مشکل سے سالگ رام بی اے کر سکا۔ اس بیچ وہ دھیرے دھیرے دھرم، عقیدے جیسی چیزوں سے کٹتا رہا تھا۔ اِدھر تلک پانڈے نے دُنیا کو خیرباد کیا، اِدھر سالگ رام زمانے کی ضرورتوں کو پورا کرنے کے لئے لگ گیا۔ وقت بدلا تھا۔ زمین، پانی، مٹی، ہوا، سب میں نفرت کے جراثیم گھُل مل گئے تھے۔ اس نے بدلے بدلے بھارت کا کچھ 'انش' تو بابو جی میں تلاش کیا تھا اور کچھ

وقت کے تھپیڑوں میں دیکھا۔ یہاں تو نفرت کے اندھیرے تھے۔ بدبودار لفافے تھے اور مسجد مندر کے ہنگامے تھے۔ چہرے پر زرق کی ریکھائیں تھیں اور بدلی بدلی سی آنکھیں تھیں۔

سالگ رام، اشنان کر لیا۔ مندر ہو آئے... وہ برسوں پیچھے چھوٹی آواز کے زد میں ہوتا... اور سالگ رام یہ بھی دیکھ رہا تھا۔ محبت، میل ملاپ کی کہانیاں تاریخ کے پنوں میں کھوتی جا رہی ہیں۔

ملک کے حاشیے پر جب سرخ سرخ خون پھیل جاتا تو سالگ رام اپنے اندر چھپے اس چٹیلی والے سالگ رام کا جائزہ ضرور لیتا جو نفرت کے اس اندھیرے بڑی مشکل سے باہر نکل سکا تھا۔ اب سالگ رام کی پارچون کی ایک چھوٹی سی دکان تھی لیکن شہر کی کلچرل سرگرمیوں میں بھی اس کی دلچسپی تھی۔

اس دن ایک مسلمان لونڈا اس کی دکان پر بیٹھا بتا رہا تھا، "ارے یار! اُسے جانتا ہے نا — نور محمد — سالا اپنے مذہب سے پھر گیا ہے۔ مذہب وذہب کو نہیں مانتا۔ عید بقرعید کی نماز بھی نہیں پڑھتا ہے۔"

"ایسا — !"

سالگ رام کو تعجب ہوا۔

مسلمان لونڈے نے دھیمی سرگوشیوں میں بتایا: "کسی سے کہنا مت — سالا، کیمونسٹ ہو گیا ہے۔ پکا کیمونسٹ۔

کیمونسٹ — !

ایک پل کے لئے سالگ رام کو لگا، جیسے اس نے کسی بھیانک حادثے کی کوئی خبر سن لی ہو۔ مسلمان ہے لیکن نماز نہیں پڑھتا۔ مسجد نہیں جاتا۔ کیمونسٹ ہو گیا ہے۔ بچپن کی ایک آدھ میلی سی تصویر نگاہوں میں مچل اٹھی۔ تیرے سر پر پونچھ — اور اس چٹیلی والے سالگ رام نے غصے میں چڑھایا تھا... ملیچھ کہیں کا — مسلمان لونڈے کے چلے جانے کے بعد سالگ رام کو اچانک جانے کیوں نور محمد سے ملنے کی خواہش ہوئی۔ نور محمد کا نام کسی نہ کسی بہانے وہ برابر سنتا رہا تھا مگر اس سے ملنے

مدّت ہوگئی تھی۔

اس دن وہ اپنے ایک دوست کے ہمراہ کمیونسٹ پارٹی کے دفتر گیا تھا۔ دفتر میں تھوڑی سی بھیڑ بھاڑ تھی اور اس بھیڑ میں رواں دواں بولتا ہوا اسے ایک شخص نظر آیا جس کے ہاتھ پر بینڈیج بندھا تھا اور جو ایک چھوٹی سی بچی کا ہاتھ تھامے تھا۔ بچی کسی انجانے خوف سے سہمی ہوئی تھی۔

سالگ رام نے بینڈیج والے نوجوان کو غور سے دیکھا اور وہ آدھ میلی سی تصویر اس کی نگاہوں میں ناچ اٹھی ... نور محمد — !

ہیلو کامریڈ — ایک نوجوان نے نور محمد سے ہاتھ ملایا۔ نور محمد نے بھی اپنا بینڈیج والا ہاتھ آگے کر دیا۔

یہ سب کیسے ہوا؟

نور محمد کھلکھلا کر ہنس دیا۔ بہت ہی سادی ہنسی تھی اس کی۔

اس کے دوست نے بتایا — اپنا کامریڈ بھی عجیب انسان ہے۔ دنیا میں جو بھی مرتا ہو، کسی کا بھی گھر جلتا ہو، کامریڈ کی آنکھوں میں آنسو دیکھ لو۔ آج تحریک سے وابستگی تو ایک بے معنی سی شے ہو گئی ہے دوست۔ نعرے بازی کی فضا میں سانس لینے والے بھلا زندگی کی گہرائی میں کیا اتر سکیں گے۔ کمٹ منٹ کیا ہوتا ہے، دیکھنا ہے تو نور محمد کو دیکھو۔ اپنے کامریڈ کو۔

سالگ رام نے ایک بار پھر عجیب نظروں سے نور محمد کے ہنستے ہوئے چہرے کا جائزہ لیا اور ایکدم سے اپنا ہاتھ اس کی طرف بڑھا دیا۔

سلام کامریڈ — دعا کرتا ہوں تمھاری صحت کے لئے۔

نور محمد کھلکھلایا — کیوں؟ میری صحت کو کیا ہوا!؟ اچھا بھلا ہوں۔

سالگ رام کو کمیونسٹ پارٹی سے کوئی لگاؤ تو نہ تھا مگر نور محمد کی وجہ سے پارٹی دفتر کے چکر شروع ہو گئے تھے۔ اسے یہ آدمی اچھا لگا تھا۔ مکرو فریب اور بناوٹ کی دنیا سے دور — پھر نور محمد کی زندگی کی کتنی ہی حقیقتیں اس کے سامنے روشن ہوتی چلی

گئیں۔ نور محمد کا بڑا بھائی ڈاکٹر تھا۔ ایک بہن پروفیسر ہے۔ باپ ایجوکیشن کے محکمہ میں ڈپٹی ڈائریکٹر تھے۔ مگر خود نور محمد نے کسی کی بھی نوکری قبول نہیں کی۔ وہ چاہتا تو بہت کچھ کرسکتا تھا۔ مگر اس نے پورے طور پر خود کو پارٹی کے نام پر وقف کر دیا۔ اب وہ ہے اور اس کی پارٹی ہے۔ سورس آف انکم بالکل ہی نہیں۔ اور وہ بچی۔ وہ چھوٹی سی بچی فساد کی دین ہے۔ شہر سے پچیس کلو میٹر دور گاؤں میں فرقہ وارانہ دنگے میں لڑکی کے گھر والے شہید ہوگئے۔ ریلیف کے کام کے لئے نور محمد بھی وہاں کا دورہ کرنے گیا تھا اور واپسی میں وہ اس لڑکی کا سرپرست بن کر لوٹا تھا۔ لڑکی ہندو تھی۔ جب کوئی اسے رکھنے کو تیار نہیں ہوا تو اُسے نور محمد نے اپنے پاس رکھ لیا۔ نور محمد نے شادی نہیں کی تھی۔ اس کی وجہ صرف اتنی سی تھی کہ شادی کے بعد وہ پارٹی کو اپنا وقت دینے کے قابل نہیں رہے گا۔

پارٹی دفتر کے اسٹور رُوم کو اس نے ایک چھوٹے سے صاف ستھرے کمرے کی شکل دے دی تھی۔ سالگ رام اس دن اچانک وہاں پہنچ گیا تو کیا دیکھتا ہے... دروازہ کھُلا ہے۔ نور محمد لڑکی کو پڑھا رہا ہے۔

"پڑھو — مسجد مندر دنگے کرواتے ہیں۔ خدا ایک اَن دیکھی طاقت کا نام ہے اور جو چیز دیکھی نہیں گئی اس کا کیا جاننا۔"

پتہ نہیں وہ کتنی دیر سے اور کیا کیا تعلیم دے رہا تھا۔ سالگ رام اتنا ہی سُن سکا۔ وہ سُن سے تھا۔ چپل کی آواز سُن کر کامریڈ نور محمد چونکا۔ چہرے پر مسکراہٹ آگئی۔

"ارے سالگ رام — آجاؤ۔"

یکتا نے نمستے کی۔

سالگ رام نے شک کی نگاہوں سے نور محمد کو دیکھا۔

"یہ کیا پڑھا رہے تھے" اس کے لہجے میں ناراضگی تھی۔ کیا میں یہ سمجھوں کہ تم اس بچی کے ذہن میں ایک نامعلوم سا زہر بھر رہے ہو۔

نور محمد نے ٹھنڈی سانس لی۔ نہیں۔ زہر باہر نکال رہا ہوں۔

سالگ رام نے دیکھا۔ نور محمد کا چہرہ اچانک بدلا تھا۔ آنکھوں سے چنگاریاں نکلیں۔

اسے سچ بتا رہا ہوں۔ سچ سالگ رام۔ اس لئے نہیں جیسا کہ تم سمجھ رہے ہو۔ ایک لاوارث بچّی مجھے مل گئی ہے اور میں جس شیپ میں چاہوں اُسے بدل سکتا ہوں۔ دنگوں نے اس کے ماں باپ چھین لئے۔ صرف یکتا ہی اس کی مثال نہیں ہے۔ یہ مہمل سا سوال ہے کہ یکتا کا قصور کیا تھا، یا اس کے ماں باپ نے کیا گناہ کئے تھے۔ موقع پرستوں نے موقع پایا گھر لوٹا۔ گھر جلایا اور ایک بچّی کو لاوارث بنا دیا۔ یہ سب تمہارا مذہب کرا رہا ہے سالگ رام۔ تمہارا مذہب — تم جس کے ڈھول پیٹتے رہتے ہو۔ مسجدوں کو آباد کرتے ہو۔ مندروں میں شنکھ بجواتے ہو۔ وہی تمہارا مذہب، جسے ان سیاسی بھیڑیوں نے مہرہ بنا رکھا ہے۔

نور محمد کے چہرے پر آکروش تھا۔ برسوں کی تہذیب، تمدن، سب کو تمہارے ان مذہبی جھگڑوں نے ختم کر دیا۔ مثالی ملاپ و محبت، اب تو بس ایک کھوکھلا ڈھانچہ بچ گیا ہے سالگ رام۔ جس میں مندر اور مسجد قید ہے۔ ہم تم کہاں باقی ہیں۔ یہ بچّی، بچّی ہے۔ اس سے پوچھو تو مذہب کے نام پر اس کا چہرہ بدل جاتا ہے۔ کل کو یہی حال رہا نا، تو نئی تہذیب کے بچّے تمہارے مذہب سے نفرت کریں گے سالگ رام۔ اور تم بس ترشول بھانجتے رہنا اور مسجدوں میں سر دیتے رہنا۔

ہنس مکھ چہرے والے نور محمد کا پہلی بار اتنا خوفناک چہرہ دیکھا تھا سالگ رام نے۔ اس بیچ صرف اتنا ہوا کہ یکتا اُٹھی... پاس والے اسٹول پر رکھے گھڑے سے گلاس میں پانی ڈھالا۔ پانی لا کر اس کے سامنے پیش کیا اور ایک طرف سمٹ کر چُپ چاپ بیٹھ گئی۔

سالگ رام نے سر اُٹھایا۔ دھیرے سے کہنا چاہا۔ کامریڈ نور محمد — سڑکوں پہ اگر خون بہتا ہے تو اس میں مذہب کا کیا قصور۔ سیاسی بھیڑیے اگر مذہب کو اپنا مہرہ بناتے ہیں تو دھرم کا کیا دوش۔ تم اس بچّی کے اندر زہر بھر رہے ہو۔"

نہیں۔ اس عمر کے تمام بچّے بچیاں کل اسی نتیجے پر پہنچیں گے۔ میں صرف اس سوچ کو کریدر رہا ہوں۔

پارٹی دفتر میں لوگوں کے آنے کا وقت ہو گیا تھا۔ اس لئے سالگ رام وہاں زیادہ دیر نہیں بیٹھا۔ لیکن نور محمد کی آواز بار بار اس کے ذہن پر شب خوں مار رہی تھی۔ کل اس عمر کے تمام ''بچے'' بچیاں ----

سالگ رام کی کنپٹی گرم ہو گئی۔

سالگ رام اس دن اپنی دکان میں گاہکوں کو سودا دے رہا تھا کہ وہی مسلمان لونڈا اشرفوا آدھمکا۔

نئی خبر سُنتے ہو۔

ترازو پکڑ کر غور سے دیکھتے ہوئے سالگ رام نے تھوڑی سی گردن اُٹھائی۔ کوئی نئی خبر ہے کیا۔

بالکل تازی -- اشرفوا نے دھماکہ کیا۔ جانتے ہو نور محمد نے جس بچّی کو اپنے یہاں رکھا ہے، اُسے لینے اس کا چچا آیا تھا۔

پھر؟

بچّی نے جانے سے صاف انکار کر دیا۔ بات کافی بڑھ گئی۔ ہنگامے بھی ہوئے۔ پارٹی دفتر کا معاملہ تھا۔ سارے لوگ نور محمد کے ہی ساتھ تھے۔ چچا بکتا جھکتا لوٹ گیا۔ لیکن دھمکیاں دیتا ہوا گیا ہے۔ کہہ رہا تھا وہ سب کو دیکھ لے گا۔ سالے اُدھرمی -- ناستک -- کمیونسٹ بنتے ہیں سالے --- اپنا دھرم تو بھرشٹ ہے ہی -- بچّی کا دھرم بھی بھرشٹ کراتے ہیں۔

اشرف زور زور سے ہنس رہا تھا۔ تم دیکھ لینا۔ یہ سالا نور محمد اپنی کرنی سے مارا جائے گا۔ سالا مسلمان کے گھر پیدا ہو کر کمیونسٹ بنتا ہے۔ امّاں کہتی ہیں کمیونسٹ کی قبر میں کیڑے پڑتے ہیں۔ مرتے وقت مٹّی بھی نصیب نہیں ہوتی۔

سالگ رام کسی اور ہی سوچ میں ڈوبا تھا۔ دکان پر چھوٹے سے ایک بچّے کو بٹھا کر وہ پارٹی دفتر نکل گیا۔ دفتر میں آج یکتا والا مدّا ہی زیرِ بحث تھا۔ نور محمد نے یکتا کو پاس ہی بٹھا رکھا تھا۔

ایک بزرگ نے سمجھایا۔ بات بڑھانے سے فائدہ ہی کیا ہے نور محمد۔ یکتا کو چچا

کے حوالے کر دو۔

"میں چاچا کے پاس نہیں جاؤں گی" یکتا کی آنکھیں سُرخ ہو رہی تھیں۔

بزرگ نے بچی کی بات کو کاٹتے ہوئے کہا "بچی کی پرورش ایک مشکل کام ہے کامریڈ۔ اور تمہیں کوئی تجربہ بھی نہیں۔ کئی دوسری دُشواریاں بھی آسکتی ہیں"

"میں نہیں جاؤں گی" یکتا نے پھر چیخ کر کہا۔

نور محمد ایک جھٹکے سے اُٹھا۔ اس کے چہرے پر ہلکی سی شکن تھی "بچی کی پرورش پارٹی کی دیکھ ریکھ سے زیادہ مشکل کام تو نہیں۔ یہ تجربہ ہی سہی۔ جب یکتا کہتی ہے کہ وہ نہیں جائے گی تو وہ میرے ساتھ ہی رہے گی۔

سالگ رام نے دیکھا نور محمد کی اس بات پر وہاں کھڑے کئی کامریڈوں کے چہرے بن گئے تھے۔ اس نے دھیرے سے سوچا۔ کیا اس لئے کہ وہ لڑکی ہندو ہے اور اسے چاچا کے پاس بھیجنے کا مشورہ دینے والے بھی۔ اس نے صرف دیکھا۔ اور دیکھتا رہا۔ کہا کچھ بھی نہیں۔ یکتا چاچا کے ساتھ کیوں نہیں گئی۔ کچھ ہی دیر بعد اس کا جواب نور محمد کی وہی پُرانی مسکراہٹ دے رہی تھی۔

سیدھی سی بات ہے سالگ رام۔ دنگے مسجد مندر کرواتے ہیں۔ لڑکی کے ذہن میں یہ بات بیٹھ گئی ہے۔ وہ میرے پاس خود کو زیادہ محفوظ سمجھتی ہے۔

لیکن دراصل معاملہ تو اب اُٹھ رہا تھا۔ جیسے دھیرے دھیرے یہ بات پارٹی دفتر سے نکل کر چہ میگوئیوں کا لباس پہننے لگی تھی۔ دھیرے دھیرے یہ بات پھیلنے لگی کہ ایک مسلمان شخص فساد میں مارے گئے ایک ہندو خاندان کی لاوارث بچی کی پرورش کر رہا ہے۔ بات آگے بڑھی تو پارٹی دفتر میں دھمکیاں پہنچنے لگیں۔ نور محمد اپنی بات پر اڑا رہا تھا۔ یکتا اپنی مرضی سے جانا چاہے تو اسے کوئی انکار نہیں۔

اور یکتا کا جواب تھا۔ اس کا چاچا ہندو تھا۔ مندر مسجد دنگے کرواتے ہیں۔ وہ یہیں نور محمد کے پاس رہے گی۔

لیکن نور محمد تو مسلمان ہے۔

نہیں — یکتا بس اتنا ہی جواب دیتی اور وہی پُراسرار قسم کی چپی اوڑھ لیتی — نہ منہ پر ہنسی نہ چہرے پر ذرا بھی مسکراہٹ۔

پارٹی دفتر میں اس دھمکی کا اثر پڑا تھا۔

اگر دفتر غصے میں آکر جلا دیا گیا تو پارٹی کا بہت نقصان ہو جائے گا۔ قیمتی کاغذات تک برباد ہو جائیں گے۔

کسی نے سمجھایا۔ نور محمد تمہارا یہاں رہنا خطرے سے خالی نہیں۔ اگر بچی کو اپنے پاس رکھنے کی ضد ہے تو پھر یہ جگہ خالی کر دو۔

نور محمد اچانک چونک اٹھا۔ غور سے اس بوڑھے پارٹی ورکر کا چہرہ دیکھا۔ اتنے غور سے کہ بوڑھا کامریڈ ایکدم سے گھبرا گیا۔

نور محمد کے اندر جیسے کسی نے زبردست سناٹا بو دیا تھا۔ اس نے اپنی پوری زندگی پارٹی کے نام وقف کر دی تھی۔ اسی لئے اس نے کہیں سروس نہیں کی۔ شادی نہیں کی۔ ڈاکٹر بھائی اور ایڈوکیٹ بہن اس کا خرچ پورا کرتے ہیں — یہ محتاجی تو اس نے صرف اور صرف پارٹی کے لئے ہی قبول کی تھی۔ لیکن وہ یہ کیا سن رہا ہے۔

ٹن .... ٹن ....

ذہن پر جیسے کوئی لگاتار ہتھوڑا مار رہا تھا۔ تم یہ جگہ خالی کر دو نور محمد — تم یہ جگہ چھوڑ دو .... آؤ یکتا۔

نور محمد نے یکتا کا ہاتھ تھام لیا۔ بوڑھے پارٹی ورکر نے چونک کر نور محمد کی طرف دیکھا۔

"تم میری بات کا برا تو نہیں مان گئے کامریڈ؟"

"نہیں تو۔" نور محمد مسکرایا۔ "بالکل نہیں — یوں بھی کرایہ لگا کر اس کمرے کے دو سو روپے آسانی سے مل سکتے ہیں۔ کیوں کامریڈ؟"

پھر وہ رکا نہیں۔ یکتا کا ہاتھ تھام کر تیزی سے باہر نکل گیا۔

سالگ رام ایک بار پھر سن سے تھا۔ دکانداری میں دل نہیں لگ رہا تھا۔ کان بج رہے تھے۔ ذہن میں آندھیاں چل رہی تھیں ... لیکن ... نور محمد بھی تو مسلمان تھا ... نہیں ... اگر انسان کہوں تو ... جسے آج کے دور میں ایک سطحی بے حقیقت سا لفظ بنا دیا گیا ہے ... انسان کیسے ہوتے ہیں؟ جیسے ہزاروں گھوڑے اس کی فکر کے میدان کو روندتے ہوئے بڑھ رہے تھے ... ٹاپ ... ٹاپ۔

اس نے دیکھا۔ ایک کمرے کا ایک چھوٹا سا گھر ہے۔ دو بچے بیٹھے ہوئے ہیں اور نور محمد ٹیوشن پڑھا رہا ہے۔ ٹیوشن پڑھاتے پڑھاتے اچانک اس نے نظر اٹھائی ہے۔ چونک گیا ہے۔

سالگ رام۔ کب آئے۔ بیٹھو۔ جاؤ لڑکو۔ بعد میں آجانا۔

لڑکوں کے جانے کے بعد نور محمد نے مسکراتے ہوئے یکتا کی طرف دیکھا۔ پھر وہی پرانی مسکراہٹ چہرے پر سجا کر بولا۔

"پارٹی کے علاوہ بھی میری ایک ذمہ داری بڑھ گئی ہے یہ" اس نے یکتا کی طرف اشارہ کیا۔ "ٹیوشن پڑھا رہا ہوں آجکل۔ کچھ آمدنی ہو جاتی ہے"

لفظوں میں درد سمٹ آیا تھا۔ لیکن اس درد کا اظہار نہیں کرنا چاہتا تھا۔ ہم نام سے کر رشتوں کو بانٹ دیتے ہیں سالگ رام ... آخر میں یکتا کی پرورش کیوں نہیں کر سکتا۔ کیا صرف اس لئے کہ میرا نام مسلمان کا ہے ... زندگی کے مفہوم کو ہم اب بھی غلط راستوں میں تلاش کر رہے ہیں ... سالگ رام، ہماری غلطی یہی ہے کہ ہم ناموں میں جوہر تلاش کرتے ہیں اور پہچان ڈھونڈتے رہتے ہیں۔

اس کے چہرے پر کرب ہی کرب تھا۔ یکتا کا معاملہ اب قانونی رنگ اختیار کر گیا ہے۔

پھر کیا ہوگا؟

نور محمد نے ایک بوجھل سانس لیا۔ مندر مسجد معاملے کی طرح اس میں بھی مذہب کا رنگ ہے ... ظاہر ہے تمہارا مذہب جیت جائے گا۔ میں ہار جاؤں گا۔

اس کے چہرے پر ایک زہریلی مسکراہٹ طلوع ہوئی تھی۔ تم رچتہ یا ترائیں نکالتے ہو... پدیا ترائیں کرتے ہو۔ اور تمہارے رہنما نفرت کی روٹیاں تقسیم کرتے کرتے دلوں کی تقسیم کرتے جاتے ہیں۔ مجھے آنے والے وقت اور کل کے ہندوستان سے ڈر لگتا ہے۔ خیر چھوڑو۔ چائے پیوگے۔ پاس ہی ہوٹل ہے... میں چائے کا آرڈر دے کر آتا ہوں۔

نور محمد نے چپّی پہنی اور کمرے سے باہر نکل گیا۔ سالگ رام کے پاس اتنا موقع کافی تھا کہ تجسس کے پرندے کو آزاد کرکے وہ یکتا سے تھوڑی سی بات چیت کر سکے۔

یکتا۔ اُسے اپنی آواز بہت کمزور سی لگی۔

یکتا نے نظر اُٹھا کر اس کی طرف دیکھا۔

"یکتا؛ تم سچ مچ چاچا کے پاس نہیں جانا چاہتی؟"

"نہیں۔ وہاں سب دھرم کو ماننے والے لوگ ہیں" وہ کسی بزرگ کی طرح گویا تھی۔ اور دھرم افیم ہے۔ دھرم دنگے کرواتا ہے۔ خدا ایک اَن دیکھی سچائی ہے۔ اور جو چیز دیکھی بھی نہیں گئی، اس کا کیا ماننا۔ ملک میں آج جو کچھ ہو رہا ہے، وہ سب دھرم کی دین ہے۔

سالگ رام کو اس کی آنکھوں میں بڑھاپا اُترا ہوا لگا۔ اُسے لگا، جیسے یکتا نے اپنا سبق کچھ اس طرح یاد کر لیا ہو کہ اب کبھی نہیں بھولے گی... سالگ رام کے دل میں اتھل پتھل سی مچ گئی۔ اس کے لفظ گونگے تھے۔ وہ غور سے اس چھوٹی سی بچی کا چہرہ پڑھ رہا تھا جو اس لہولہان بھارت میں۔ وقت کے تھپیڑوں میں کھو کر۔ کہیں بہت زیادہ جوان اور تجربہ کار ہو گئی تھی۔

تبھی نور محمد دو چائے کا گلاس لے کر آ گیا۔ اس کا لہجہ خوفزدہ تھا۔ "چائے پی کر یہاں سے سیدھے گھر چلے جاؤ سالگ رام۔ بازار میں ٹینشن ہے۔"

یکتا نے خوفزدہ نگاہوں سے نور محمد کی طرف دیکھا اور نور محمد چائے کا گلاس کانپتے ہاتھوں میں اٹھا کر کمرے میں ٹہلنے لگا۔

(۳)

یہ کیسا ملک ہے ... یہ اس ملک میں کیا ہو رہا ہے ۔ کامریڈ نور محمد نہیں رہا۔ وہ سرپٹ بھاگ رہا ہے ... پاگلوں کی طرح ... وہ جیسے اس موضوع پر کچھ بھی سوچنا نہیں چاہتا۔ ذہن کی نسیں جیسے اچانک ہی کس جائیں گی۔ پھر چٹخ جائیں گی۔ لیکن کامریڈ نور محمد کا وہ زرد زرد سا چہرہ سالگ رام کی نگاہوں سے اوجھل نہیں ہوتا۔ ... ہر بار جیسے مسکراتا ہوا وہ شخص سانپ کی طرح کنڈلی مار کر سامنے ہی بیٹھ جاتا ہے ... مجھے دلوں کی تقسیم سے ڈر لگتا ہے سالگ رام ... آنے والے وقت اور کل کے ہندوستان کے تصور سے ...

دور تک خون کے چھینٹے ہی چھینٹے ہیں اور ان میں ایک لہولہان تصویر رینگتی ہے کامریڈ نور محمد کی ...

سالگ رام .... ذہن کے دروازے کو سرکش گھوڑے اب تک روند رہے ہیں ... سالگ رام ... تم ایک بے مروت ملک کی پیداوار ہو سالگ رام۔

اور سالگ رام کو لگتا ہے ... اگر اس کے بس میں ہوتا تو وہ اس ملک سے نفرت کرتا ... ہاں اس ملک سے ... زوردار نفرت ... ہاں اس ملک سے جہاں وہ جنما ہے۔ ایک چھوٹا سا بچہ جب کسی بات پر ناراض ہوتا ہے تو وہ اپنا سارا غصہ اپنی ماں پر نکالتا ہے۔ اسے بھی ملک پر غصہ کرنے کا حق ہے۔

اس کے وجود پر جیسے برف کی موٹی موٹی سل رکھ دی گئی تھی۔ شہر جب لہو کی سرخیاں لکھ رہا تھا۔ یہی نور محمد تھا جو اپنی جان کی پرواہ نہ کرتے ہوئے لوگوں کو بچانے میں مصروف تھا۔ قدم تھے کہ تھکتے نہیں تھے۔ کس کی جان نہیں بچائی؟ اس شخص نے۔ مگر اسے کیا ملا۔ سوائے ایک مسلمان سمجھے جانے کا۔ اور کیا ملا اسے۔

اور یکتا۔ یکتا کو تو وہ اسی روز پارٹی دفتر چھوڑ آیا تھا۔ شاید اس نے کسی انجانے

خطرے کی بو سونگھ لی تھی۔

سالگ رام ..... سالگ رام ایک بار پھر بھیانک سناٹے میں ہے۔ اس کے گلے سے گھرگھڑانے جیسی آواز نکلتی ہے۔ ٹھیک ویسی ہی جیسے کتے پتھر مارنے پر نکالتے ہیں۔

سالگ رام سرپٹ بھاگ رہا تھا اور بھاگتے ہوئے صرف ایک ہی سوال کی زد میں تھا۔

آخر دنگائیوں نے نور محمد کو کیا سمجھ کر مارا ہے؟ نور محمد مسلمان تو نہیں تھا۔ نور محمد کمیونسٹ تھا۔ پھر اسے مارنے والوں نے۔

وہ سرپٹ بھاگ رہا ہے۔

اور اب وہ پارٹی دفتر میں تھا۔ پارٹی دفتر میں ایک گہرا سناٹا چھایا ہوا تھا۔ بیچ میں دھیرے دھیرے سسکیاں بھرتی یکتا کھڑی تھی۔ قانونی پیچیدگیوں میں اُلجھی یکتا ۔ بہت ساری آنکھیں سوالیہ نگاہوں سے یکتا کو گھور رہی تھیں۔

اس کا کیا ہوگا ـــــ؟ کہاں جائے گی یہ ـــــ؟ کیا چاچا کے پاس؟

اچانک سالگ رام کے بدن میں حرکت ہوئی۔ اس نے غور سے یکتا کو دیکھا۔ پھر دھیرے دھیرے اس کی طرف بڑھ کر اس کا ہاتھ تھام لیا۔

یکتا۔ تم میرے ساتھ چلو گی!

یکتا کی سسکیاں اچانک رُک گئیں۔ اس نے سالگ رام کی طرف عجیب نظروں سے دیکھا۔

سالگ رام۔ میں تمہارے ساتھ چل سکتی ہوں ۔۔۔ اگر تم ... دھرم کو نہیں مانتے ہو۔

اور بہت سارے لوگوں کی طرح سالگ رام نے بھی دیکھا۔ یکتا کسی ٹیپ کی طرح شروع ہو چکی تھی۔

" دھرم افیم ہے۔ دھرم دنگے کرواتا ہے۔ خدا ایک ان دیکھی سچائی ہے ... اور جو چیز دیکھی نہیں گئی، اس کا کیا ماننا ... ملک میں آج جو کچھ بھی ہو رہا ہے ... وہ ... "

سہیل: عصری آگہی ۱۹۹۱ء
ساپتاہک ہندوستان (ہندی)

◆◆

پربت

وہ چپ چاپ کرسی پر بیٹھے تھے۔ بالکل خالی۔ ذہن سے بھی۔ میز پر کتابیں اِدھر اُدھر پسری تھیں۔ میز کے پاس ہی دائیں طرف کھڑکی کھلتی تھی۔ لیکن باہر کے نظاروں میں بھی اُن کے لئے کوئی کشش باقی نہیں تھی۔ جب کہ بغیر پلکیں جھپکائے نظریں باہر ہی رینگ رہی تھیں۔ اور وہ کسی مُردے کی طرح کرسی پر تھکے ہارے پڑے تھے۔ شاید کسی انہونی یا معجزے کے انتظار میں۔۔۔ کہ باہر کے بے کیف نظاروں میں اچانک جان پڑ جائے۔ کوئی ہلچل سی مچ جائے۔ کوئی خوشبو سی لہراتی ہوئی ان کے پور پور میں اتر جائے۔ ایسے وقت میں بوڑھے وجود میں کون سا احساس ٹھاٹھیں مارے گا، سوچا نہیں جا سکتا۔

ایک بار رما آئی تھی کمرے میں۔ اسے دیکھا۔ یوں ہی بے سدھ سا پڑا ہوا۔۔۔ یا ادھ مُردہ سا۔ دیکھ کر ایک بار ٹھٹھکی تھی۔ پھر پوچھا تھا۔

"چائے پیو گے؟"

اس نے ویسے ہی انجان بنے ہوئے اسی انداز میں "منڈی" ڈلا دی جیسے اُسے احساس دلایا ہو کہ اس وقت اس کی موجودگی اسے پسند نہیں ہے۔

"ایسے کیا بیٹھے بیٹھے سوچتے رہتے ہو۔ کچھ چلا پھرا بھی کرو۔ تازہ ہوا کھایا کرو۔"

رما اتنا کہہ کر جا چکی ہے۔

وہ پھر ویسے ہی ہیں۔ سُن سا چہرہ لیے۔ دماغ ایکدم سے خالی ہو رہا ہے۔ نیچے جتنا بھی نہیں۔ اس سے بھی خالی جیسے کسی غبارے سے پوری پوری ہوا نکال دی گئی ہو۔

اچانک ایک تیز 'پٹ' کی آواز ہوئی۔ آنکھیں تھوڑی سی ترچھی کیں۔ کمرے میں پلاسٹک کی گیند آ گئی تھی۔ ساتھ میں آیا تھا ششانک کا ہی چھوٹا سا بلا سنبھالے رکی۔

- دادا، گیند کھیلو گے؟

اس نے پھر منہ پھیر لی۔

- کھیلو نا دادا؟

اس بار اس نے ہاتھ اُٹھایا ہے مارنے کے لیے۔

- ٹھینگا! رکی نے منہ بنا کر انگوٹھا دکھایا ہے اسے۔ گیند غصے میں ایک بار پھر زمین پر پٹکی۔ وہاں سے ہولے ہولے گیند اس کی میز کے پاس آکر ٹھہر گئی ہے... ویسے ہی پڑے پڑے اس نے رکی کو گیند اُٹھاتے ہوئے دیکھا ہے۔ رکی پھر گیند لے کر چلا گیا ہے۔ جاتے جاتے کہہ گیا ہے۔

- تم سے نہیں بولوں گا دادا۔ تم گندے ہو...؟

اس نے لمبی سانس لی۔ بوجھل۔ پھر ویسے ہی کھڑکی سے باہر کے بے کیف نظاروں میں خود کو کھونے کی تیاری کرنے لگا۔

کھڑکی سے باہر، ٹھسے مکانات کی قطار ہے۔ مکانات کی قطار سڑک کے اس پار ہے۔ سڑک سے اس وقت ٹیکسی اور گاڑی کم گزرا کرتی ہے۔ دو بجے کا وقت یعنی لنچ آور... اس وقت کم بھیڑ بھاڑ رہتی ہے۔ ٹیکسی اور گاڑیوں کے ہارن بھی کم ہی بجتے ہیں۔ اس لیے وہ کھڑکی کھول کر زیادہ دیر باہر کے مناظر میں گم ہونے کا جوکھم کر سکتا ہے۔ بعض دفعہ گاڑیوں کے ہارن اور شور اتنے گراں گزرتے ہیں کہ وہ کافی غصے اور جوش سے کھڑکی کا شیشہ بند کر دیتا ہے۔ اتنے جوش سے کہ رما کے جھرّی بھرے چہرے پر غصے کی چھایا دکھ جاتی ہے۔

- کام دھام نہ ہو تو شیشے پر غصہ اُتارتے ہوئے اچھا لگتا ہے۔ کھڑکی کے شیشے کو توڑ ڈالو گے کیا۔ یہ تمہیں کیا ہو جاتا ہے...؟

شام کے آٹھ بجے تک برکھا بھی آجاتا۔ یوگندر۔ اپنے کمرے میں بیٹھے بیٹھے وہ اُس کی آواز کو محسوس کرتے ۔۔ بابوجی کہاں ہیں۔ پھر رما کی آواز کانوں سے ٹکراتی ..... ہوں گے کہاں .... اپنے کمرے میں .... تم نے بابوجی کو سمئے پر چائے والے دی تھی۔ اب وہ من ہی من میں انو کا چہرہ پڑھ رہا ہے۔ یہاں سے صرف محسوس ہی تو کرسکتا ہے ... اور انو .... یوگندر کی موجودگی میں بھی اتنا دھیرے بولتی ہے کہ .... اور کیا ... اس نے صفائی پیش کی ہوگی ... یا کوئی نیا بہانہ بنایا ہوگا .... دیر ہوگئی .... چائے لے کر گئی تو بابو جی سوئے تھے۔ ہونہہ۔ یہاں کس کو اس کی فکر ہے ... سب اپنی دُنیا میں مست ہیں۔ بس لے دے کر یہ برکھا ہی ہے جو ہر بار اس کی خیریت پوچھنے آجاتا ہے۔ اب وہ برکھا کے خاموش پدچاپ کے انتظار میں ہے جو اس کے دروازے پر آکر ٹھہر گئی ہے۔

"بابو...."

کرسی سے بیٹھے بیٹھے اُس نے نظریں گھمائی ہیں، مسکرایا بھی ہے۔

"طبیعت تو ٹھیک ہے نا بابوجی؟"

اس کی مُنڈی ہاں میں ڈول گئی۔

"نیچے آئیے نا۔ ٹی وی ساتھ ساتھ بیٹھ کر دیکھتے ہیں۔"

"نہیں، تم لوگ دیکھو۔"

بس اتنا ہی تو کہہ پائے۔ یوگندر چلا گیا ہے۔ لیکن یوگندر کے لفظ اب تک ذہن میں بج رہے ہیں۔ ٹی وی ساتھ ساتھ .... اس لفظ میں اُترنے کی کوشش کرتے ہیں وہ ... ساتھ ساتھ بیٹھنا کسے پسند نہیں۔ عمر کے ۶۲ ویں پڑاؤ پر پہنچ کر وہ تو خود بھی بچوں میں، بہوؤں میں، پتنی میں رل بیٹھنے کا احساس زیادہ سے زیادہ پال لینا چاہتے ہیں۔ لیکن یہ احساس کب کتنی بار ٹوٹتا ہی جاتا ہے۔ ٹی وی ..... الگ الگ مناظر پر ٹکی نگاہیں۔ ساتھ ساتھ بیٹھے ہوئے بھی الگ الگ ہونے کا احساس .... یہ احساس کہیں توڑتا ضرور ہے۔ کتنی ہی بار بچوں سے، پوتوں سے اور رما سے بات کرنے کی خواہش ہوتی ہے ان کی۔ وہ کبھی کچھ بولنا چاہتے ہیں تو الگ ٹی وی پر جمی نگاہیں انھیں ہاتھ کے اشارے

سے مسخ کر دیتی ہیں۔ اور وہ بے کار، بے وجہ اور بے معنی سی ہنسی اور قہقہوں کے بیچ سے اچانک اٹھ کر اپنے کمرے میں آجاتے ہیں۔

اور وہی کمرہ ..... وہی میز..... وہی آرام کرسی ..... وہی کھڑکی.... سب کچھ جامد.... ٹھہرا ہوا.... سارے منظر بے کیف۔

تب اچانک ویسے ہی کرسی میں دھنسے دھنسے وہ ایک ٹھنڈی سانس چھوڑتے ہیں۔ کمزور جھرّی بھرے ہاتھوں سے سر پر ادھر ادھر اُگے تھوڑے سے بالوں کے بیچ انگلیاں دوڑاتے۔ سر کھجلاتے رہیں... ناک پر ٹکے ہوئے چشمے کو برابر کرتے ہیں۔ کچھ کچھ دھندلا نظر آتا ہے تو میز پر کسی کتاب کے بیچ پڑے چشمے کے کور کو برابر کرتے ہیں۔ کور ملتا ہے تو اس کے کپڑے سے چشمہ صاف کرتے رہیں۔ تھوڑی دیر کے بعد اطمینان کر لینا چاہتے ہیں کہ چشمے پر جمی گرد صاف ہے۔ دیکھنے میں اب کوئی دقت نہیں ہے۔ چشمے کے کور کو پھر کسی موٹی کتاب کے بیچ پھنسا کر اب وہ قلم ڈھونڈ رہے ہیں۔ ایک بار پھر کرسی پر سیدھے ہو کر بیٹھ گئے ہیں۔ لیمپ جلا لیا ہے۔ ڈائری کے ورق کھل گئے ہیں۔ ایک لمحے کو آنکھیں پھر سوچ میں ڈوب گئی ہیں۔ کیا لکھیں اور کیا نہیں لکھیں۔ ٹھنڈی سانس چھوڑی ... ڈائری پر پہلے آج کی تاریخ لکھی۔ پھر نظریں دیوار گھڑی کی جانب اٹھائیں۔ وقت لکھا۔ ہاتھوں میں لرزش تھی۔ ... لکھا۔

"کوئی بات.... کوئی بات.... آج بھی نہیں ہوئی۔ اس عمر میں کوئی انوکھی بات ہو ہی نہیں سکتی۔"

پھر ٹھہرے پھر لکھا۔

"نو بج کر دس منٹ ہوئے رہیں۔ نیچے بیٹھ کر ٹی وی دیکھ رہے ہیں۔ جانے کیوں اب یہ سب کچھ مِتھیا (मिथ्या) لگتا ہے مجھے۔ جھوٹ، فریب۔ یہ رشتے ناطے... سب کچھ.... "

پھر ایک ٹھنڈی سانس چھوڑی۔ جیسے سوچ رہے ہوں۔ یہ کیا لکھ رہے رہیں وہ — یہ سب نہیں لکھنا چاہیئے۔ ڈائری ان سب باتوں کے لکھنے کے لئے نہیں بنی ہے۔ لیکن وہ

اپنے احساس کو کاغذ پر اُتارنے کی بال ہٹ پر اتر آئے ہیں ۔ ۔ ۔ پھر لکھ رہے ہیں۔

" دفتر میں سب سے اچھی جگہ مجھے میری میز لگتی ہے، جہاں میری کرسی ہے اور جہاں سے میں نیلے آسمان کو جھانک لیتا ہوں۔ آسمان جیسی اُونچی عمارتوں کے بیچ وہاں وہ بڑا سا جھماٹ درخت بھی ہے۔ پتہ نہیں کس چیز کا ہے۔ پتے بڑے بڑے اور ہرے ہیں۔ ایک سمے میں اس شہر میں پھل پھول اور درخت لگانے کی مہم چلی تھی ۔ ۔ ۔ شہر کو خوبصورت بنانے اور گندگی سے بچانے کی مہم ۔ ۔ ۔"

وہ پھر ٹھہرے ۔ ۔ ۔ اس بار انہیں لگتا ہے جیسے وہ کوئی مضمون لکھ رہے ہوں ۔ یا آلتو فالتو۔ وہ پھر بھی لکھتے جاتے ہیں۔

" پیڑ اچھے لگتے ہیں ۔ ۔ ۔ آسمان اچھا لگتا ہے ۔ ۔ ۔ اور اچھا لگتا ہے۔

انہیں دیر تک دیکھنا ۔ ۔ ۔ ۔ دیکھتے رہنا۔ تمام رشتے مِتھیا ہیں۔

اور جھوٹ ۔ ۔ ۔ ۔ اسی لئے کبھی کبھی مجھے لگتا ہے قدرت ہی سب کچھ ہے۔ قدرتی مناظر مجھے اپنی طرف کھینچتے ہیں۔ اپنی طرف بلاتے ہیں۔"

انہیں یہ سب لکھنا اچھا نہیں لگ رہا۔ اس لئے ڈائری بند کر کے اُلجھے اُلجھے سے کھڑے ہو جاتے ہیں۔ اب وہ کھڑکی کے سامنے ہیں اور نیلے آسمان کو تک رہے ہیں۔

سوچنے لگتے ہیں وہ ۔ ۔ ۔ کیا ان کا اب تک کا اپنا سفر ختم ہو گیا۔ خاندان در خاندان بیٹے اور پوتے پوتیوں والے ہو جانے کے بعد کیا اُن کی اپنی ذمہ داری ختم ہو گئی۔ نِٹھلے اور بے کار بنا دیئے گئے ہیں وہ۔ بچے بھی ان سے بات کرنے کا ایک ہی مطلب جانتے ہیں۔ بابو جی کو تھوڑی دیر کے لئے بہلا دینا۔ اور کیا؟ اپنے قیمتی لمحوں کا یوں بے کار میں خرچ کر دیا جانا بھلا کسے پسند ہو گا۔ تو کیا وہ بھی ان سب سے اکتا چکے ہیں ۔۔۔ یعنی اگر بیوی بچے ان سے اکتا گئے ہیں تو کیا وہ بھی ۔۔۔ اور اس کے بعد ۔۔۔ اس عمر میں ۔۔۔ کیا ایسی اُکتاہٹ سے کسی دوسری طرح کے ایڈ وینچر کا تصور بھی نہیں کیا جا سکتا۔ یعنی اگر دوسری طرح سے کہا جائے تو وہ کسی بھی طرح کے خوبصورت احساسوں والے سلسلے سے باہر نکل آئے ہیں۔

اُنہیں خوف محسوس ہوا۔ اگر ایسا ہے تو یہ احساس انہیں توڑ دے گا ۔ ۔ ۔ ختم کر دے

گا۔۔۔ اس لئے کہ سب سے ضروری چیز ہے اپنے آپ کو زندہ رکھنا یا زندہ رہنے کے تصوّر کو جگنگائے رکھنا۔ لیکن یہ کیسے ممکن ہے؟

انہیں احساس ہوا وہ سو رہے ہیں۔ اور صحیح معنوں میں وہ زندگی کے خوبصورت احساسوں والے سلسلے سے پُوری طرح دُور نکل آئے ہیں۔

اچانک ان کی ایک ٹھنڈی سانس نکل گئی ۔۔۔۔ س۔۔۔۔ سِکیں۔

اندر کچھ کھلبلی سی مچی۔ بوڑھے جسم میں ٹھہرے خون میں کہیں بہاؤ پیدا ہوا۔ انہیں احساس ہوا، اندر اب بھی تازہ خون موجود ہے جو احساس کی تازگی کے ساتھ مچل سکتا ہے۔ اندر طوفان اُٹھا سکتا ہے۔ آہستہ سے اپنے کھُردرے ہاتھوں سے اپنے جسم کو اسپرش کیا تو کہیں اکہرے تناؤ کی کشتی بھی چل پڑی۔ چہرے پر ایک کھنچاؤ پیدا ہوا ـــ نہیں ۔۔۔۔ وہ پوتے پوتیوں والے ہیں اور ان کی پتنی ایک احساس سے کٹی، ایک بیمار چڑچڑی سی عورت، جو اُن کے ناکارہ ہو گئے وجود کا مذاق تو اُڑا سکتی ہے، اُنھیں سکھ کا خمار نہیں دے سکتی ۔۔۔۔ پھر۔۔۔؟ اب اپنی اس زندگی کو وہ کیا نام دیں ـــ انہیں لگتا ہے قدرت کے چلائے گئے قانون کی بس اُنھوں نے بھی چُپ چاپ پیروی کر ڈالی ہے ـــ پتنی کو، بچّوں کے سُکھ اور بچّوں کو اپنے اپنے خاندان کے سُکھ میں بانٹ کر وہ اپنے اب تک کے فرائض سے آزاد ہو گئے ہیں۔ اس لئے اب اگر ان کے پاس کچھ تازہ سانسیں باقی ہیں تو ایک نئی زندگی کا تصوّر پھر اُن کے پاس بچ جاتا ہے اور وہ جیسے چاہیں اس تصوّر کا استعمال کر سکتے ہیں۔ اب خوش تھے وہ۔ اس لئے کُرسی پر آ کر بیٹھ گئے۔ ٹھنڈے دماغ سے دھیرے دھیرے پُرانی یادوں کو نوچتے رہے۔ شام میں پڑوس کی لڑکی وِدیا آئی تھی۔ وِدیا ابھی پڑھ رہی تھی۔ پُورے گھر میں وِدیا کا مَن اکیلے ان کے پاس ہی لگتا تھا۔ سانولی سی عمر کے بیسویں پڑاؤ پر کھڑی وِدیا کو وہ اتنے غور سے دیکھتے رہے کہ وِدیا پریشان ہو گئی۔

"بات کیا ہے انکل؟"

"پُنر جنم کی بات سوچ رہا تھا۔ آواگون کے اس عقیدے کو مَیں تو نہیں مانتا۔ لیکن سوچتا ہُوں ایک جیون میں بھی تو کئی کئی جنموں کے سلسلے کی بات ہو سکتی ہے۔"

"کیا؟ میں سمجھی نہیں انکل" ودّیا چونکی۔

مجے بھر وہ ودّیا کو دیکھتے رہے۔ کرسی سے اچانک اُٹھ کھڑے ہوئے۔ لگا جیسے کمرے میں اتنا حبس ہو کر سانس لینا دوبھر ہو۔ لفظ جوڑے۔ پھر بولنا شروع کیا۔

"ودّیا، فرض کیا ہوتا ہے اور فرض سے مکتی؟"

"انکل آپ پہیلیاں کیوں بجھا رہے ہیں" ودّیا پریشان ہو گئی۔

"نہیں" وہ دوبارہ کرسی پر جھک گئے۔ "پہیلی نہیں ودّیا۔ سچ۔ یعنی حقیقت۔۔۔۔ اب میری طرف دیکھو۔۔۔ سوچو۔۔۔۔ میں کتابیں پڑھتا ہوں۔ خوش ہوتا ہوں تو گھٹنوں بچوں سے کھیلتا رہتا ہوں۔ اب بھی میرے اندر کا خون گرم ہے۔ جوش بھی مارتا ہے۔ پھر۔۔۔ میں پوتے پوتیوں والا ہوں۔۔۔۔ تو اتنا کچھ کرنے کے بعد۔۔۔ کیا میں اس جیون میں اپنے لئے ایک دوسرا جیون نہیں چُن سکتا؟"

"یعنی آپ دوسری شادی کرنا چاہتے ہیں انکل؟" ودّیا حیرت سے ان کی طرف دیکھنے لگی۔

"نہیں۔۔۔ تم پھر بھی نہیں سمجھیں۔۔۔ شادی کی بات تو میں سوچ بھی نہیں سکتا۔ مجھے لگتا ہے سب مجھ سے کٹ گئے ہیں۔ اس لئے کہ سب کے پاس اپنی اپنی اور نئی نئی باتیں پیدا ہو گئی ہیں۔ جہاں تک پتنی کی بات ہے وہ اتنا تھک گئی ہے یا اوب گئی ہے کہ اُداسین ہو گئی ہے۔ سو اس کے پاس جیون یا کسی بھی طرح کے خوبصورت احساس کے نام پر کچھ نہیں بچا۔ سوائے پوتے پوتیوں میں جیون کاٹ لینے بھر کے۔۔۔۔ بچوں کے پاس اپنے الگ راستے اور مسائل ہیں۔ میری باتیں وہ سمجھ نہیں سکتے۔ اب رہ جاتا ہوں میں جسے وہ ایک بوڑھا اور ناکارہ سمجھنے کی بھول کرتے ہیں جب کہ ایسا ہے نہیں۔ اس جنم میں مجھے، باقی جنموں کو مدھر بنانے کے لئے کیا کچھ، نیا، نہیں کرنا چاہیئے"

ودّیا لمحے بھر پھر اُن کی طرف دیکھتی رہی۔ پھر بولی "انکل، میں پھر بھی کچھ نہیں سمجھی۔ ابھی تم پریشان لگتے ہو انکل۔ میں بعد میں پھر آجاؤں گی"

ودّیا کے جانے کے بعد بڑا کا لڑکا آیا تھا۔ رکی۔۔۔ ہاتھ میں پلاسٹک کی بال تھامے۔ ایک جھٹکے

سے آگے بڑھ کر انھوں نے بال چھین لی۔

"جاؤ نہیں دیتا۔"

"کیوں نہیں دیتے؟"

"نہیں دیتا۔ اس لئے کہ بال اب میری ہو گئی ہے۔"

"گندے ۔۔۔ دادا گندے"

رکی چیختا ہوا کمرے سے نکل گیا۔ پچھاڑیں مار کر روتا ہوا۔ اگلے ہی پل وہ رما کے ساتھ لوٹ آیا تھا۔

"بچے کی بال کیوں چھین لی؟"

"بس اچھا لگا!"

"بڑھاپے میں اتنا بچپنا اچھا نہیں لگتا۔"

رما کے اس جملے کو سن کر اچانک ہی غصے میں بال رکی کی طرف اچھال دیتے ہیں وہ ـــــ

"لے جا کمبخت ... دفان ہو ... رما آنکھیں دکھاتی ہوئی غصے میں لوٹ گئی۔ سوچتے ہیں وہ یہ سب کیا تھا۔ ان کا بچپنا ... رکی کا پھپھک پھپھک کر رونا اور رما کا آنکھیں دکھانا۔ سب ایک دوسرے ایک دوسرے کو جوڑنے کی علامتیں ہیں۔ یا انجانے طور پر وہ رشتوں کے بندھن سے کٹ ہی نہیں سکتے۔ رما مشین کا ایک بے کار کل پرزہ بن گئی ہے اور بچوں کی دیا پر اپنا جیون کاٹے جا رہی ہے۔ جینے کا کوئی مقصد نہیں رہ گیا ہے اس کے پاس:

بڑکا کے خاندان ہی میں کتنی عزت ہے اب کی ... سب تو جیسے ایک رسم نبھا رہے ہیں۔ بزرگی کی عقیدت بھر رسم۔ اس سے زیادہ نہیں۔ برداشت نہیں ہوتا ان سے۔ شاید برسوں سے انسان نے تبدیلی کا مطلب اب تک نہیں سمجھا۔ یا ان کی اپنی تہذیب ابھی بھی اتنی تہذیب یافتہ نہیں ہوئی۔

الجھن لگتا ہے۔ سچ بھاگتے بھاگتے کہیں چھپ گیا ہے یا سچ ہی جیون کا حصہ ہے۔ جسے بنائے رکھنے کا وہ راستہ تلاش کر رہے ہوں۔

اور اچانک جیسے راستہ مل گیا۔ ان کے ہاتھوں میں کدال اور پھاوڑا آ گیا۔ باہر کی کچھ

زمین خالی پڑی تھی۔

ہاتھ میں کدال لے کر وہ دیر تک مٹی کوڑتے رہے۔ ایک بار بڑکا بھی آیا تھا۔ رما بھی آئی تھی۔ رکی بلانے کر آیا تھا۔ پھر بلا چھوڑ کر وہ بھی ان کے ساتھ کام میں لگ گیا۔ بہوئیں آئی تھیں۔ اُسے کام میں لگا دیکھ کر لوٹ گئی تھیں۔ وہ جانتے ہیں اندر باتیں چل رہی ہوں گی۔ بابوجی کو نیا شوق چرایا ہے۔

بڑکا نے کہا ہوگا۔۔۔ کرنے دو نا۔۔۔ جی کو بہلانے کو اب وہ کوئی بھی سامان کریں۔ اتنی عمر ہوگئی۔ اس عمر میں سب سے مشکل کام ہوتا ہے جی کو بہلانا۔

پہلے دن ہی کافی کام کیا۔ مٹی کوڑی، برابر کی۔ پانی کا چھڑکاؤ کیا۔ زمین نم ہوگئی تو پھر اپنے کمرے میں آگئے۔ سوچنے لگے کل کچھ پھولوں کے بیج لے آئیں گے۔ پھول لگائیں گے۔ باغیچہ لگائیں گے اور کتابیں پڑھیں گے۔ خالی وقت میں رکی سے باتیں کریں گے۔ اب کافی کام ہیں ان کے پاس۔۔۔

اُس رات وہ ذہنی طور پر خود کو بہت ہلکا محسوس کر رہے تھے۔ دیر تک سیاہ آسمان کو تاکتے رہے۔ پھر کرسی پر بیٹھ گئے۔ میز سے وہی پرانی ڈائری اُٹھائی اور لکھنے لگے۔

ایک طرف وہ ہیں۔۔۔

سوکھے بنجر سے۔۔۔

اپنی پریشانیوں پر بکھر بکھر جانے والے۔۔۔

اور ایک طرف قدرت ہے۔۔۔

وہ آگے نہیں لکھ سکے۔۔۔ دراصل اب انھیں نیند آ رہی تھی۔

آجکل۔ مئی ۱۹۹۰ء ◆◆

سُوَر بَاڑی

لُٹے ہوئے سامان
حقارت سے دیکھتی ہوئی آنکھیں
ہم نے اب جینے کا عہد کر لیا ہے
ان بیڑیوں کو کاٹ کر
بیڑیاں جو نامرد بناتی رہی ہیں
کاٹ ڈالتی ہیں تنے ہوئے اُن بازوؤں کو
جن میں روانی سے دوڑتے ہوئے خون
ہر پل احساس دلاتے ہیں آزادی کا۔
اور سو جاتی ہے کٹے ہوئے بازوؤں کے
سوکھے ہوئے گوشت کے لوتھڑوں میں
آزادی ....
ناپاک منصوبوں کا آدمی
کٹے ہوئے بازو کے سُوکھے ہوئے گوشت کے لوتھڑوں سے
جُو جھنے والے ہر آدمی کو
آسانی سے کہہ دیتا ہے غدّار

ناپاک منصوبوں کے آدمی کا قتل اتنا ہی ضروری ہے۔
جتنا سوکھے ہوئے گوشت کے لوتھڑوں میں بھرے آزادی بھرنے کا احساس
بیڑیاں کاٹتے ہوئے مرد بننا ہے ہمیں ...
اور جو بچ جانا ہے بچی ہوئی آخری سانس تک
ہمارے خلاف چلتی ہوئی جھوٹی اچھوت کاروائی کے لئے ...
اور لڑتے رہنے کا بھرم قایم رکھنا ہے
فتح ہر حالت میں ہماری ہے "

۲

باڑی سے نکل کر سور کبھی کبھی ادھر بھی آجاتے ہیں، جہاں بڑے بڑے مکانات ہیں، دفاتر ہیں، گورنمنٹ کوارٹر ہیں... آوارہ گھومتے رہتے ہیں سور... بے سُری آواز نکالتے ہوئے ... کیچڑ میں منہ دیئے پتہ نہیں کیا ٹٹولتے رہتے ہیں... سور باڑی کہیں دُور نہیں ہے... جس جگہ میری آفس ہے اور بھی کئی دفاتر ہیں جیسے کچہری، ٹریزری آفس، ڈی۔ ایس۔ ای سپرنٹنڈنٹ ایجوکیشن، مجسٹریٹ... ان سے ذرا ہٹ کر میدانوں کا ایک لمبا سلسلہ ہے اور میدانوں کے دونوں جانب خالی جگہوں کی اسی باڑی کو ڈوموں کی سور باڑی کا نام دے دیا گیا ہے۔ آفس کھلنے کا وقت دس بجے ہے۔ دس بجے تک یہ پوری باڑی گلزار رہتی ہے۔ گندے کپڑوں میں سینہ کھول کر دودھ پلاتی ہوئی ڈومنیں، لکڑی کی کانتی سے سوپ ٹوکریاں بنتی ہوئی ... بیڑی سلگاتا ہوا ڈوم، اپنی گھر والی اور بچوں کے ساتھ بیٹھا ہوا... قمیص پنو لڑے ... ننگ دھڑنگ... میونسپلٹی کل کے پاس بیلچا، کینٹر لئے شور مچاتے بچے... جھونپڑیوں کے باہر اور اندر بچھے پلنگ پر لیٹے ہوئے بوڑھے بوڑھیاں، نالیوں کے درمیان پڑی ہوئی لاوارث خالی چارپائیاں، اِدھر اُدھر رکھے ہوئے مٹی، تامچینی کے چٹ اُکھڑے ہوئے برتن... اُپلے سنی ہوئی باڑی سے شور مچاتے ہوئے... کوئی کوئی بچہ بڑے آرام سے سور کی پیٹھ پر گھومتا ہوا نظر آتا۔ آدھ کھلی ہوئی مچٹ ساڑیوں میں اِدھر سے اُدھر

پھاندتی ہوئی ڈوم عورتیں بھی نظر آتیں جن کے بارے میں ونود بتایا کرتا تھا۔ ٹیوب لائٹ کی مدھم روشنیوں میں جسم کا کاروبار بھی کرتی ہیں یہ۔ میرے حیرت سے دیکھنے پر کہا تھا ونود نے "سب چلتا ہے یار، آخر کو لڑکیاں ہی ٹھہری ... بھرے بھرے جسم والی۔ ڈوموں کی اس سور باڑی کی اپنی الگ کہانی ہے۔ اُڑتی اُڑتی خبروں سے اتنا ضرور اندازہ ہوا تھا کہ یہ ساری پراپرٹی گورنمنٹ کی ہے جس پر ناجائز ڈھنگ سے یہ کب سے آکر بس گئے، اس کی معلومات نہیں ہے۔ سرکار آئے دن یہاں سے جھگی جھونپڑیاں ہٹنے کی بات کرتی رہتی ہے۔ مگر شاید ایسا موقع نہیں آیا۔ اور آیا بھی تو سور باڑی چھوڑ کر نہیں جاسکے۔ اب تو سڑک کے دونوں طرف کتنی ہی جھگی جھونپڑیاں آباد تھیں اور بیچ کی سڑک جس سے گاڑیاں، رکشے، ٹم ٹم وغیرہ گزرا کرتے ان کے لئے آنکھوں کی طرح تھے۔ کتنی ہی عورتیں کنارے کنارے بیٹھی ہوئیں، دودھ پلاتی ہوئی ملتیں۔ اِدھر پھر یہ ہنگامہ شروع تھا۔ سور باڑی ٹوٹ جائے گی ... اس پوری طرح بسی ہوئی باڑی کو دیکھنے کے بعد احساس ہوتا تھا۔ گورنمنٹ کو شروع میں ہی چاہئے تھا، اس طرف کوئی قدم اٹھائے۔ گھر بن جائے تو توڑنے اور چھوڑ کر جانے میں تکلیف ہوتی ہے۔ اس لئے کہ گھر کے تحفظ کی ذمہ داری بھی تو ہم پر ہی عاید ہوتی ہے۔

" تو ٹھہرا شاعر آدمی یہ میری اس بات پر ونود بگڑ کے بولا تھا " دیکھتا نہیں، آتے جاتے کیسی گندگیاں اُڑاتے رہتے ہیں سالے، جینا حرام کر دیا ہے۔ آتے جاتے ناک بند کر کے گزرنا پڑتا ہے "

" اور اسی لئے تم سور باڑی توڑ دیئے جانے کے حق میں ہو اتنی سی بات پر " میں نے ہنستے ہوئے کہا۔ ونود خاموش ہو گیا تھا۔ اس لئے کہ سور باڑی توڑے جانے کا کوئی دوسرا جواز اس کے پاس نہیں تھا۔ ذرا ٹھہر کر ونود پھر بولا۔

" خیر چھوڑو بھی، تم نے آج کا اخبار پڑھا؟"

" نہیں، کوئی خاص بات ؟"

ساؤتھ افریقہ میں سیاہ فام حبشیوں پر گورنمنٹ کا ظلم پھر شروع ہو گیا ہے۔ کل ٹی۔ وی پر پونے نو بجے کی نیوز تم نے دیکھی یا نہیں؟" اس کے لہجے میں افسردگی آگئی تھی۔

"نہیں۔"

"پتہ نہیں یہ سب کب سے چل رہا ہے۔ تمھیں یاد ہوگا کہ گاندھی جی نے بھی اس سطح پر ایک ایجی ٹیشن چلایا تھا۔"

ونود کہہ رہا تھا۔" انھیں جینے کی آزادی ملنی چاہیئے تھی۔ آج جب کہ دُنیا مریخ پر جارہی ہے۔ ہم فضائیہ عہد میں جی رہے ہیں۔ لبریشن کے نام اس طرح کے واقعات چوٹ پہنچاتے ہیں۔ آدمی آدمی سب برابر ہیں۔ پتہ نہیں کیسے آگئے ہیں، فرق کے یہ ناسمجھ کیڑے ہمارے اندر۔"

دوسرے دن آفس کے لئے تیار ہوتے ہوئے تنویر کو میں نے ونود کی بات بتائی تو وہ زور زور سے ہنس پڑی۔" تو ونود نے ایک طرف یہ کہا اور دوسری طرف ...۔"

"مجھے لگتا ہے کہ دوسروں کی طرح ونود بھی بہت معصوم ہے۔ جو صرف اپنی آسانی کے لئے ایک اندازہ بُن لیتے ہیں۔"

"ایک اندازہ تو ہر آدمی اپنی آسانی کے لئے بُن لیتا ہے مگر مجھے تمھاری بات سے اختلاف ہے۔ دو الگ الگ مسائل پر تمھاری ایک نظر مجھے ٹھیک نہیں لگتی۔ کہاں ساؤتھ افریقہ میں اپارتھیڈ ڈسمنٹلنگ اور نسلی منافرت کا مسئلہ اور کہاں ...۔"

"میں نے یہ تو نہیں کہا۔ میرا کمنٹ تو چھوت جیسے بیمار احساس پر ہے۔ یہ احساس جہاں بھی ہے جس سے بھی جڑا ہے، مجھے ہر ایسے آدمی سے شکایت ہے۔ کیا تمھیں نہیں لگتا۔ بڑی بڑی باتیں کرنے کے باوجود ذہن کی ایک خاص سطح پر کسی نہ کسی طرح سے یہ احساس تم سے جڑا ہے۔ سوال صرف اس کا ہے کہ اس احساس سے کیسے الگ ہو سکتے ہیں آپ کسی بھی پیشے کے نام پر اختلاف اور فاصلے سے الگ، ایک دَم سے کیسے ہل سکتے ہیں ہم؟"

شاید ترقی یہ موقع نہیں دے گی۔ وہ صرف سوال کھڑا کرے گی اور تمھارے جیسے لوگوں کو جوجھنے کے لئے اور دوسری طرف کے لوگوں کو سوال بننے کے لئے چھوڑ دے گی۔ ترقی ہوتی رہنے دو۔ مار دگولی ان باتوں کو ... یہ باتیں ہماری نجی زندگی سے کہیں بھی نہیں جڑی ہیں۔ بیکار کے ہیں یہ احساسات۔ اس طرح کی سوچ، بے سر پیر کے سوالات۔" تنویر نے اتنا کہہ کر

چپ کر دیا تھا مجھے۔ مگر لگا تھا جیسے ہم اس بیمار احساس سے کہیں نہ کہیں سے ضرور جڑے ہیں اور تنویر نے صرف ہار مان لی ہے۔

اور اسی دن آفس جاتے ہوئے دیکھا کہ باڑی میں بھیڑ اکٹھا ہے۔ کچھ شور ہنگامے بھی ہیں۔ ساڑھے دس بج گئے تھے۔ آج آفس جانے میں مجھے کچھ دیر ہو گئی تھی۔ پوچھنے پر معلوم ہوا کہ ڈی ایم صاحب کی گاڑی سے ایک ڈوم کا ایکسیڈنٹ ہو گیا ہے۔ خطرے کی کوئی بات نہیں ہے۔ ڈوم کو اسپتال لے جایا گیا ہے۔ مگر ڈی ایم صاحب کافی غصّہ میں تھے۔ کچھ لوگ آپس میں بات چیت کر رہے تھے جس سے اندازہ ہوا کہ غلطی ڈوموں کی ہی تھی۔ آنکھیں موندے اِدھر اُدھر گھومتے رہیں گے تو ایسا ہی ہوگا۔ یہ اور بات ہے کہ دھکّا لگا بھی تو ڈی۔ ایم صاحب کی گاڑی سے۔

اُس دن آفس میں ہر جگہ اسی بات کا چرچا تھا۔ ونود لہک لہک کر کہہ رہا تھا۔ اب موقع مل گیا ہے کہ یہ پوری سوباڑی توڑ دی جائے گی۔ ڈی۔ ایم صاحب کو بھی کہنے کا اچھا موقع مل گیا ہے۔ آنگن سمجھ لیا ہے سالوں نے۔"

کانوں میں اُنگلیاں ڈالے سب کچھ سُننا پڑ رہا تھا۔ ونود نے ہی کبھی کہا تھا کہ اِس جات کے لوگوں میں احساس نہیں ہوتا، پیشہ کرتی ہیں ان کی عورتیں۔ کارل مارکس اور اینجل کے نظریے کے آنے کے بعد چھوٹے موٹے اتنے انقلابات جنم لیتے رہے ہیں کہ اب اس بات پر دل نہیں مانتا کہ پیشے کے نام پر کوئی ذات ایسی بھی ہو سکتی ہے جو احساس نہ رکھے، ہاں سور باڑی میں دوپہر کے وقت ایک عجیب نظارہ دیکھنے میں آیا۔ ہاؤں ہاؤں کرتے ہوئے پچاس ڈوم ڈومنیوں کی قطاریں، بچے، جوان، بوڑھے، عورتیں ہاتھ میں بیلچا لئے، کینسٹر اور کوڑا اٹھانے والی گاڑیوں کے ساتھ ڈی۔ ایم کے خلاف مظاہرہ کر رہی تھیں۔

شام کو گھر لوٹنے پر میں نے تنو کو بتایا کہ "آج ڈوموں نے کیا کارروائی کی؟"

تنو آج کچھ غصّے میں تھی۔ جلے ہوئے انداز میں بولی "تو تمہیں پھر ایک کہانی مل گئی۔ ایسی ہی کہانی جیسی تم چاہتے ہو۔ درد پالنے کا صرف شوق ہے تمہیں۔ کچھ کر تو سکتے نہیں۔"

یہ دوسرا رخ تھا تنو کا۔ پھر بھی بولا۔ تنو غلط کو غلط سمجھنے کا احساس کم ہے کیا؟ اور اس احساس کا مظاہرہ کیا اپنی اوقات، اپنی پہچان نہیں ہے؟"

وہ اب تم ان پر ایک نظم لکھ مار وگے، یہی نا۔ اور تسلی ہو جائے گی تمہاری۔ تمہاری لڑائی بس ان کھوکھلے لفظوں تک ہے، اس سے آگے نہیں۔ ورنہ آگے بڑھ کر تم بھی ایک مورچہ سنبھالتے ایک لڑائی لڑتے۔۔۔ نظموں سے الگ ۔۔۔ اپنی طرف سے، جو تم سے نہیں ہو سکتا۔ میں جانتی ہوں کہ تم سے کچھ نہیں ہو سکتا۔"

کچھ دیر کے لئے احساس ہوا تھا کہ سنلط کو غلط کہہ کر پہچان کرا دینے کا احساس بھی بھرم ہے شاید۔ لفظوں سے جوجھتے ہوئے جب جیت ہار کے فیصلے کے بغیر کہانی ختم ہو جاتی ہے تو دھکا پہنچتا ہے۔ شاید اپنی طرف سے ہونے والی کاروائی اس طرح کے معاملوں میں لفظوں سے کبھی آگے نہیں بڑھی۔ تو یہ کھوکھلا اور نپنسک (نامرد) ہوا نا؟"

اور تنو کہہ رہی تھی وہ اپنی فرمائشوں کو نظر انداز کر کے جب تم سوچتے ہو تو بُرا لگتا ہے۔ اس لئے کہ تمہاری بھی ایک باڑی ہے اور اس میں بچے ہیں، بیوی ہے۔ اکثر محسوس کرتی ہوں کہ دوسروں کے جذبوں اور احساس سے لفظوں کے ساتھ کھلواڑ کرتے ہوئے ایک جھوٹی کارروائی چلتی رہتی ہے تمہارے اندر۔ بے نام ہتھیاروں کی، کھوکھلے لفظوں کی؟"

۴

دوسرے دن یہ خبر پھیل چکی تھی کہ سور باڑی خالی کرنے کا سرکاری حکم ہو چکا ہے۔ تمام جھگی جھونپڑیاں توڑ دی جائیں گی۔ تین دنوں کا وقت ملا ہے اپنی اپنی جھگی جھونپڑیاں ہٹانے کے لئے۔ آفس جاتے ہوئے دیکھا کہ ڈوموں کے بیچ اس خبر سے عجیب سی دہشت پھیل گئی ہے۔ ایک طرف باڑی کے سور الاپ رہے تھے تو دوسری طرف ڈومنیں آپس میں گالی گلوچ کر رہی تھیں۔ کنارے کنارے کچھ ڈوم اُٹھی ہوئی لُنگی اور میلے کچیلے کپڑوں میں ایک دوسرے سے کچھ بات چیت کر رہے تھے۔ ایک آدمی نے اشارہ کیا، وہی بھیکو ہے جو ڈی۔ ایم کی گاڑی سے کچلا گیا تھا۔ بھیکو کے پیروں میں اب بھی ایک دو جگہ پٹی چڑھی ہوئی تھی۔ سڈول سا دکھنے والا بھیکو بڑے آرام سے جھگی کے بانس کا سہارا لئے ہوئے بیڑی پھونک رہا تھا۔ لوگ آجا رہے تھے۔ خود کو ٹٹول پاتے ہوئے میں نے محسوس کیا کہ بات چیت کی جا سکتی ہے بھیکو سے۔

اس لئے آگے بڑھ کر میں نے پوچھا،

"تم ہی بھیکو ہو؟"

"ہاں ساب"

"کل تمہارا ہی۔۔۔؟"

"ہاں ساب" بیڑی کا کش لیتے ہوئے بڑے اطمینان سے وہ بولا۔

"کیا سچ مچ یہ باڑی اُجڑ جائے گی؟"

"نہیں ساب۔ ہم اُجڑتے نہیں دیں گے۔ باپ داداؤں کے وقت سے رہتے آئے ہیں یہاں۔"

"مگر اگر پولیس اُجاڑنے پر تُل ہی گئی تو؟"

"ہم ایسا ہونے نہیں دیں گے" بھیکو کو دوسرا کوئی جواب نہیں سوجھا تھا۔

"تو ہنگامہ کروگے تم لوگ؟"

"وہ تو ہم کریں گے ہی ساب۔ اِس سے پہلے بھی یہ آرڈر ہوا تھا تو اپنی عورتوں کو باڑی میں لٹا دیا تھا ہم نے کہ لاش پر سے گزر کر جاؤ تو توڑ دو باڑی، سمجھا ساب۔ باڑی توڑنا کھیل نہیں ہے۔"

اگر انھوں نے تمہاری عورتوں کی بھی پرواہ نہیں کی تو؟" اس بار میں نے بھیکو کی آنکھوں میں جھانکا۔

اور بھیکو بڑبڑا رہا تھا "تب بہت بُرا ہوگا ساب، بہت بُرا۔

اُس دن میں نے تنوے پھر پوچھا "تو کیا سچ مچ یہ لڑ پائیں گے؟"

"میں نہیں سمجھتی۔ شاید تمہارا بھیکو ہی کچھ کرے تو کرے۔"

"مگر اکیلے بھیکو کے لڑنے سے؟"

"لڑائی کبھی پوری نہیں ہوگی۔ ہاں یہ ضرور ہوگا کہ ہار کا بدلہ لینے کے لئے بھیکو کوئی دوسرا قدم اُٹھائے۔"

وہ قدم کون سا ہوگا تب سے میں یہی سوچ رہا تھا۔ اس درمیان سرکاری اعلان بھی

گونج گیا تھا۔ نالی پر بنی ہوئی دکانیں اور فٹ پاتھ توڑ دیئے جائیں گے۔ اب صرف ایک دن کا وقت رہ گیا ہے۔ گھروں کی جو سیڑھیاں ناجائز ڈھنگ پر نالیوں نکلتی ہیں وہ بھی توڑ دی جائیں گی۔ اس سرکاری اعلان کا ہونا کا ہونا تھا کہ نالیوں پر بنی ہوئی گمٹیاں اور فٹ پاتھی دُکانیں ٹوٹنے لگیں۔ بازار میں عجیب سی گہما گہمی تھی۔ لوگ اپنے یا مزدوروں کے ساتھ نالیوں پر نکلی ہوئی سیڑھیاں اور دُکانیں توڑ رہے تھے۔ سرکاری اعلان اب بھی جیپوں اور رکشے سے۔ برابر گونج رہا تھا۔ کہیں اس پردے میں ... شاید میرا ایسا سوچا جانا صحیح نہیں تھا مگر شام ہوتے ہی یہ خبر سامنے آگئی تھی کہ کل سور باڑی توڑ دی جائے گی، پولیس کے رولر چلیں گے وہاں۔ سور باڑی کے ڈوموں نے ہٹنے سے انکار کر دیا ہے اور ڈوموں کو سور باڑی چھوڑنے کی وَرنیل نوٹس بھی مل چکی ہے۔

شام ہوتے ہی سور باڑی میں ایک ہنگامہ برپا ہو گیا تھا۔ معلوم ہوا کہ پولیس کے کتنے ہی سپاہی آکر وارننگ دے چکے ہیں کہ کل تک پوری باڑی خالی ہو جانی چاہیئے۔ ڈومنیں قصاب ٹولے میں ذبح ہونے والے جانوروں کی طرح چلا رہی تھیں۔ کچھ لوگ کھڑے تھے۔ سوروں کے شور بھی اس ہنگامے میں شامل تھے اور ان سے الگ دیکھا ——— ایک طرف دو جھونپڑیوں کے بیچ بنے نالے کے اُوپر رکھی چارپائی پر بیٹھا ہوا بھیکو بیڑی پھونک رہا ہے۔ سب سے الگ تھلگ۔ آج ہاتھ پیروں کی پٹیاں اُتر گئی تھیں۔ مگر بھیکو شانت نہیں تھا۔ اس کا چہرہ بتا رہا تھا کہ سرکار کی اس زبردستی کی کاروائی سے ایک کاروائی اُس کے اندر بھی چل رہی ہے۔

گھر لوٹتے ہوئے ایک عجیب سا احساس مجھ پر حاوی تھا۔ کچھ دیر کے لئے اپنے بارے میں سوچ کر محسوس ہوا کہ یہ کیا ہو رہا ہے؟ یہ سب کیوں کر رہا ہوں، یہاں کیوں آتا ہوں۔ یہ خیال بھی بچوں کی طرح احمقانہ ہوگا کہ ڈوم قبیل کے لوگ بھی تہذیب یافتہ ہو جائیں۔ شاید نہیں۔ میں ایسا نہیں سوچ رہا تھا۔ اس لئے کہ مجھے یقین تھا کہ کسی لحاظ سے بھی یہ اپنے پیشے کو غلط سمجھنے کی بھول نہیں کر سکتے اور انسانی برابری کے توازن کے لئے یہ ضروری ہے کہ پیشے کو ویسا ہی رہنے دیا جائے اور ان پیشوں سے جڑے کچھ لوگ جب چاہیں اس پیشے سے باہر جا سکتے ہیں۔ ان پر رہنے، نہیں رہنے میں کوئی روک ٹوک نہیں ہے۔ مگر کسی پیشے کو غلط مان کر یا نظروں سے گرا کر اس پر کی جانے والی کارروائی غلط ہے۔ اور یہ اسی کا ردعمل تھا جس نے میرے قدموں کو بار بار

اس باڑی میں کھینچا تھا۔ شاید یہ بھاونا اس خیال سے بھی کہیں بڑی تھی جو رنگوں اور نسلوں کا فرق کھڑا کر کے ایک دراڑ بن جاتے ہیں دو قوموں کے بیچ، ایک ہی طرح کے جسم والے دو آدمیوں کے بیچ [اس دن ولو دنے خبر سنائی کہ ساؤتھ افریقہ کے انقلابی شاعر بنجامن کو پھانسی پڑ گئی۔ کامن ویلتھ ہیڈس کی بات بھی نہیں مانی افریقین گورنمنٹ نے وہی کیا جس کی اس نے ضرورت محسوس کی، سپاہی کو مارنے کا جھوٹا الزام لگا کر پھانسی دے دی۔ لبریشن کے نام پر ہر شخص فائٹ کرتا ہے اور کیا حق ہے فائٹ کرنے والوں کو۔ کہیں غدار، کہیں وفادار۔ ایک ہی ملک میں مقبول بھٹ کی طرح کہیں غدار اور کہیں شہید۔ دراصل مرتیخ پر جانے کی تیاری کے باوجود آزادی کا مفہوم سمجھنے میں کہیں نہ کہیں غلطی ضرور ہوئی ہے۔ کچھ دیر کے لئے لگا تھا کہ ہم کہیں نہ کہیں سے جھوٹ کے احساس سے ضرور جڑے ہیں۔ شاید سارے کے سارے ہی، سارے کے سارے ملک بھی۔ یہ احساس پتہ نہیں کب کیسے زور پکڑ گیا۔ بنجامن کی غلطی کیا تھی؟ بھیکو کی غلطی کیا تھی؟ وہی بیمار سا احساس، بنجامن کا شاعر باہر آگیا تھا۔ بھیکو جاہل تھا اس کی گونگی انقلابی شاعری اس حادثے کے بعد اندر ہی اندر چنگاری بن رہی ہوگی۔ کسی نہ کسی سطح پر ہم برتری کے جھوٹے احساس سے چمٹے ہوئے ضرور ہیں اور یہ احساس خوفناک جانوروں کی طرح دوسرے تمام چھوٹوں کے کمزور وجود کو نگل جاتا ہے۔ اس سطح پر ایسی ایک جنگ ضرور ہونی چاہیئے۔ اس سطح پر ایسی ایک جنگ کی ضرورت بھی ہے۔ بنجامن بھی ہار گیا تھا، مگر شاید نہیں۔ اس نے اندھیرے میں اپنے ہی جیسے ہزاروں لاکھوں سیاہ فام حبشیوں کی جلتی آنکھوں میں ڈال دیا ہے۔ مستقبل میں پیدا ہونے والے بھیانک خوابوں کے جراثیم اور جراثیم کے خاتمے کے لئے، انجانے میں ہی، انقلاب کے نام پر ایک مشعل۔

کیا بھیکو لڑ پائے گا۔

میں سوچتا ہوں، بھیکو کو ضرور اپنی طرف سے کوئی نہ کوئی کارروائی کرنی ہی چاہیئے۔

کارروائی کچھ اور آگے بڑھی۔

صبح آفس جاتے ہوئے دیکھا کہ سور باڑی میں گرد اُڑ رہی ہے۔ جھونپڑیاں، پھوس اور لکڑی کے ڈھیر کے روپ میں بیچ سڑک پر بچھی ہیں۔ پولیس کے آدمی اپنا کام کر چکے ہیں سامان

ڈھویا جا رہا ہے۔ اب بھی دو جیپ کھڑی ہیں اور پولیس کرمچاری اِدھر اُدھر چھترائے ہوئے تھے۔ ڈی۔ ایم اور ایس پی کی گاڑی بھی کتنی ہی بار گشت کر چکی تھی۔ فٹ پاتھ اور نالیوں پر بنی دُکانوں پر رولر چل گئے تھے۔ پورے شہر کا نقشہ عجیب ہو رہا تھا اور اس سے بھی عجیب ہو رہا تھا سور باڑی کا نقشہ۔

پتہ نہیں آگے کا سفر کون سا ہے؟

اور نئی باڑی کہاں بنے گی!

کتنے ہی سوالوں سے بیک وقت جوجھنا پڑ رہا تھا۔ شاید پھر یہ ہار گئے تھے۔ میری آنکھیں بھیکو کو کھوج رہی تھیں۔ مگر بھیکو کہیں نہیں تھا۔ کیا بھیکو ڈر کر بھاگ گیا؟ نہیں تو کہاں گیا۔ بھیکو شانت بھی نہیں تھا۔ اُس دن نالی کے بیچ رکھے پلنگ پر بیڑی کا کش کھینچتے ہوئے دیکھ کر صاف لگتا تھا کہ اُس کے اندر بھی ایک کارروائی چل رہی ہے۔ مگر تونے کہا تھا کہ بھیکو اکیلے نہیں لڑ سکتا اور اس لڑائی میں بھیکو کا کوئی شریک کار نہیں تھا۔ اُجڑی ہوئی سور باڑی میں ایسا کچھ ضرور تھا جو اندر ہی اندر مجھے ڈس رہا تھا۔ پوری انسانی برادری کے ساتھ ہونے والے کھلواڑ کو اس فضائیہ عہد میں چھوت جیسی بیمارشے کے احساس کو لبریشن کا عوامی سطح پر یہ کتنا کچا رشتہ تھا اور اسی کے ساتھ کارروائی ختم ہو گئی تھی۔ مگر شاید نہیں —— ابھی باقی تھی کارروائی، یہ میں بھول گیا تھا اور باقی بچی کارروائی بھیکو کی طرف سے تھی۔ دوسرے دن مجھے اس کی رپورٹ مل گئی تھی۔

ڈی۔ ایم کوارٹر میں داخل ہونے پر جب گارڈ نے اسے روکنے کی کوشش کی تو پتھر مار کر اس نے گارڈ کو زخمی کر دیا اور فرار ہو گیا۔ یہ آدمی بھیکو تھا۔ پولیس کو بھیکو کی تلاش تھی۔

۶

بہت سی کہانیاں انجانے میں ایک دوسرے سے مل جاتی ہیں۔ مگر سوال تھا کہ بھیکو گیا کہاں؟ اس کارروائی کے بعد بھیکو کے اندر کا گولنگا شاعر اب ضرور سامنے آگیا تھا۔ بنجامن کی طرح اس نے کسی پولیس کو گولی تو نہیں ماری، کوئی انقلابی نظم تو نہیں لکھی مگر اپنی اوقات پر،

اپنی طرف سے کمزور ہوتے ہوئے بھی ایک لڑائی لڑی ہے۔

۷

میں اکثر جوجھتا ہوں
اپنے اپاہج احساس سے
جو مجھے سو جانے کے لئے کہتا ہے
اپنے گرد و پیش میں چھائے ہوئے کہرے سے بے خبر ہو کر سو جانے کے لئے
اور میں بھی سو بھی جاتا تھا　　　مگر پہلے
اب میں نے جاگتے رہنے کا عہد کر لیا ہے
اور اگر اس جاگتے رہنے میں میری موت بھی ہو گئی تو یقین ہے
جاگے ہوئے لوگ
میرے بعد بھی
غلط کو غلط سمجھ کر لڑتے رہنے کا یہ سلسلہ جاری رکھیں گے ۔

عصری ادب ۱۹۸۶ء ◆◆

کمرہ بولتا ہے

آپ نے بھی غور کیا ہوگا اور میں نے بھی غور کیا ہے کہ آدمی جس مکان میں رہتا ہے وہ مکان اُسے بے حد عزیز ہوتا ہے۔ مکان کا وہ کمرہ جس میں وہ لیٹتا ہے، سوتا ہے، فرصت کے زیادہ تر لمحات گذارتا ہے، اس سے زیادہ اچھا کمرہ اُسے پورے گھر میں کوئی دوسرا نظر نہیں آتا۔ یہ ممکن ہے کہ آپ کو اپنے کمرے سے اس شدت سے پیار نہ ہو جس شدت کے ساتھ مجھے ہے۔ جب بھی میں کسی دوسرے شہر کا دورہ کرتا ہوں اور دو چار روز وہاں ٹھہرنا مقصود ہوتا ہے اپنے کمرے کی یاد مجھے توڑ کر رکھ دیتی ہے۔ کتنی ہی بار دل میں یہ خیال پیدا ہوتا کہ دورہ منسوخ کر دوں اور بھاگ کر اپنے کمرے میں لوٹ جاؤں۔۔۔ وہاں سب کچھ تو موجود ہوگا۔۔۔ میری بکھری گرد و غبار میں ڈوبی ہوئی کتابیں۔۔۔ میرے ساتھ ساتھ سفر کرتی ہوئی یادیں۔۔۔ یادیں جن سے زندگی کا اتنا گہرا اجڑاؤ ہے کہ میں کبھی سنبھلتا ہی نہیں۔ اگر میرے مونس و غم خوار کمرے نے مجھے سہارا نہیں دیا ہوتا، ان دنوں اچانک جب پورے مکان میں ایک خلاء سا پیدا ہوگیا تھا۔۔۔ اور مکان چار بزرگوں کی رونق سے محروم ہوگیا تھا تو یہی کمرہ تھا جس میں گھنٹوں بیٹھ کر ان کی بھولی بسری پرچھائیوں سے دل بہلایا کرتا تھا۔ آنکھوں میں آنسو آجاتے۔۔۔ پاگل کر دینے والی ہسٹریائی چیخیں بلند ہوجاتیں تو ہاتھوں میں منجن تھام لیتا اور گھنٹوں دانت رگڑتا رہتا۔ منجن کرنے سے کچھ سکون سا ملتا۔۔۔ یادوں

کے بیچ ایک ٹھہراؤ سا پیدا ہو جاتا۔۔۔ پھر آہستہ آہستہ میں یادوں کے گھنے جنگل سے دُور نکل آتا۔۔۔ یہ زندگی کے شب و روز تھے جہاں کوئی ٹھہراؤ نہ تھا۔ ٹھہراؤ نہ تھا تو زندگی نہ تھی۔۔۔ اور زندگی اس لئے نہ تھی کہ پا بہ زنجیر نہ تھا۔۔۔ بس ایک لمبی تھکان تھی، جو بائیس بہاروں کے یوں ہی گذر جانے کے بعد پیدا ہو گئی تھی۔ کبھی وہی کمرہ اکیلے میں ڈسا کرتا۔ مجھ سے پوچھا کرتا۔ زندگی کی بے رونقی سے یوں کب تک کھیلتے رہو گے؟ اپنے بارے میں کچھ سوچا ہے۔ افسانہ اور غزلیں تمھیں کچھ نہیں دے سکتیں سوائے رُوحانی آسودگی کے۔ سوائے اُس نجات کے جو تمھیں کرب و غم کی کیفیات سے دُور نکال لاتے ہیں۔ سن رہے ہو عالم۔ افسانہ اور غزلیں تمھارے لئے ایک پوری زندگی نہیں بن سکتے۔۔۔ اور تم بس اِنھی کے اندر لگتے ہو۔ یہی ہے تمھاری کائنات۔۔۔ تو اچانک کمرے سے سوال کرتا ہوں۔۔۔ کہ یہ پاگل کر دینے والا سناٹا جو مجھے کاٹ کھا رہا ہے، اس سے باہر نکلنے کا جواز کونسا ہے۔۔۔ جس نے معصومیت سے نکلے ہوئے بزرگ قہقہوں کو اپنے اندر پیوست کیا ہو اور وہ قہقہے اچانک ساتھ چھوڑ گئے ہوں تو کیا اکیلے پن کا گماں ممکن نہیں۔۔۔ میرے لئے تو یہی پناہ گاہ ہیں کہ اب خود کو جوڑتے ہوئے افسانہ اور غزل کی دُنیا سے دُور نہیں جا سکتا۔ ان میں اپنی کیفیت پیوست کرتا ہوں تو سکون ملتا ہے۔۔۔ ہاتھوں میں پھر سے منجن تھام لیتا ہوں۔ گھنگھروں کے رقص گرد و نواح سے دھیرے دھیرے زور پکڑتے ہیں۔۔۔ پہلے نغمی آتی ہے اور پھر زیبا۔۔۔ دونوں میرے ہاتھوں میں منجن دیکھ کر خاموشی سے واپس لوٹ جاتی ہیں۔۔۔ اور کمرہ مجھے اشارے سے بتا رہا ہے کہ۔۔۔ عالم! تمھارے وجود کو اب دیمک کھانے لگے ہیں۔۔۔ اور دیمک جب ایک دن تمھارے پورے وجود کو چاٹ جائیں گی تو پھر کچھ بھی نہ بچے گا۔۔۔ دیمک زدہ کتابیں چھونے کی اور پڑھنے کی ضرورت کوئی محسوس نہیں کرتا۔۔۔ زیبا ہو نغمی۔۔۔ دونوں نے تمھارے اندر کی دیمک کو اپنے اپنے فلسفوں کی عینک سے پہچان لیا ہے۔ اور اوجھل ہوتی جا رہی ہیں۔۔۔

"سب اوجھل ہو گئے یا کوئی باقی ہے؟"

کمرے میں لوٹتے ہوئے وہی پاگل کیفیت پھر میرے وجود پر مسلط ہو جاتی ہے۔

سچ مچ ٹوٹ رہا ہوں... ٹوٹتا جارہا ہوں (خدا کبھی کسی کو محسوسات کا ایاز نہ بنائے۔) محسوسات کے صحرا میں جب جب پاگل کر دینے والے بم کے دھماکوں کو محسوس کیا ہے میرے کمرے نے اس کی شہادت پیش کی ہے... کمرے میں آئے ہوئے طوفانوں کی صورت میں... پھٹے ہوئے ڈھیروں کاغذات کی صورت میں... ہم سوتے رہتے ہیں مگر کمرہ جاگتا رہتا ہے۔ میں ایک بار پھر سے پائل کی اس جھنکار کو اپنے ذہن کے پردے پر قید کر رہا ہوں۔ ... جہاں بتو چپ چاپ چلتی ہوئی میرے برابر آکر کھڑی ہو جاتی ہے۔ کتنے دبلے ہوگئے ہو تم... اپنا خیال ہی نہیں رہتا... تمہارے پاس جتنی بھی سوچیں ہیں وہ سب کی سب مجھے دے دو... اور میرے پاس سے وہ سوچیں لے لو جو صرف تمہارے بارے میں ہے عالم... جس کا تعلق زندگی کی اس خوشنما جنت سے ہے جہاں ہم دونوں مل کر اس پاگل کر دینے والی کیفیات سے دور ایک نئی خوبصورت زندگی کا خواب بن سکتے ہیں... بتو کی نظریں جھکی ہیں... میں غور سے بتو کو دیکھ رہا ہوں... کمرہ اچانک کتنا روشن ہوگیا ہے۔ یہی کمرہ جو کل تک لمبی لمبی سسکیاں لیا کرتا تھا، اداسی کی رو میں سوگوار نظر آیا کرتا تھا... اچانک جگمگا اٹھا ہے... اس لئے کہ ایک بے چین کہانی کو آرام مل گیا ہے۔ ایک نئی کہانی کی شروعات ہوگئی ہے... اور جب ایک نئی کہانی کی شروعات ہو جاتی ہے تو خوبصورت سلسلوں کا ایک لامتناہی سفر بھی شروع ہو جاتا ہے۔ انہی دنوں مجھے دلی میں سروس مل گئی۔ اور شادی کے چار مہینے بعد میں بتو کو لے کر اجنبی شہر کی جانب روانہ ہوگیا۔ بیچ میں بھیا کا خط آیا تھا... مکان بن رہا ہے... ایک جھٹکا سا لگا تھا۔ بھیا کو لکھ دیا تھا... بھیا پلیز اس وقت جب تک میں نہ آؤں... میرے کمرے میں کچھ بھی تبدیلی مت لائیے گا... کوئی چونا گردانی نہیں۔ کوئی صفائی نہیں... ایسا کیوں ہے... اس کمرے سے میری خواہش کا کونسا لگاؤ ہے، شاید ٹھیک طرح سے میں اسے الفاظ کا لبادہ نہیں پہنا پاؤں... مگر بھیا پلیز... اس کمرے کو ویسا ہی رہنے دیجئے گا جیسا کہ ہم اور بتو اسے چھوڑ کر گئے تھے...

تو کہانی شروع ہوگئی ہے... ایک نئی کہانی شروع ہوگئی ہے اور مکان مجھے

آواز دے رہا ہے۔

۲

پتہ نہیں کس نے کہا تھا دنیا میں جتنے بھی ملک ہیں، سب سے اچھا ملک میرا ہے۔ ملک میں جتنے بھی شہر ہیں سب سے اچھا شہر میرا ہے، شہر میں جتنے بھی مکان ہیں سب سے اچھا مکان میرا ہے۔ اور مکان میں جتنے بھی کمرے ہیں سب سے اچھا کمرہ میرا ہے... میں اکثر بتّو کو بتایا کرتا ہوں... زندگی کے شب و روز کی اتنی ساری گتھیوں کو اُس کمرے میں سلجھاتا رہا ہوں کہ اب روز ہی اس کمرے کو دیکھنے کی عادت پڑ گئی ہے۔ پتہ نہیں کیوں لگتا ہے کہ بھیا اگر نئے سرے سے وہ مکان بنائیں گے تو وہ کمرہ بھی بدل جائے گا... کمرے کے ساتھ ساتھ کتنا کچھ بدل جائے گا... پورے گھر کا ڈھانچہ... اور میرے جسم میں پھیلتی جائے گی ایک تیز سنسناہٹ۔ جانے کیوں میں اس کمرے میں کوئی تبدیلی نہیں دیکھنا چاہتا۔ سوچتے سوچتے آنکھیں پتہ نہیں کیا ڈھونڈنے لگتی ہیں... کیسی کیسی ہستیاں آنکھوں میں ٹھہر نے لگتی ہیں... امی کی... بڑی اماں کی... نانی اماں کی... تمام آوازیں زندہ ہو جاتی ہیں۔ ... میں پرانی آوازوں کے پرانے شہر میں لوٹ آیا ہوں... جہاں سب زندہ ہیں اور آنکھوں کے سامنے متحرک رہے ہیں۔ ان میں ہر شخص مجھے عزیز ہے... سب کے سب محبت سے معصومیت سے مجھے دیکھے جا رہے ہیں... مجھے بلا رہے ہیں... مجھے آواز دے رہے ہیں... میں اچانک کچھ بولنے کے لئے اپنا منہ کھولتا ہوں اور طلسم ایک جھٹکے میں ٹوٹ جاتا ہے۔ آوازیں وداع کی پہاڑیوں میں گم ہو جاتی ہیں... چہرے آہستہ آہستہ نگاہوں سے اوجھل ہو جاتے ہیں... میں پسینے پسینے اس اجنبی شہر میں بتّو کی بے چین سانسوں کے درمیان اس کی باہوں میں پڑا لمبی لمبی سانسیں بھر رہا ہوتا ہوں... بتّو! پرانے مناظر مجھے زندہ دفن کر دیں گے... مجھے اپنا گھر یاد آ رہا ہے... اپنا کمرہ یاد آ رہا ہے... تب بتّو آہستہ سے میرے سر پر ہاتھ پھیرتی ہے... تو لوٹ جاؤ نا... تم تو ہر روز ہی مجھے آرہ میں نظر آتے ہو... جب صبح میں سو کے

اُٹھتے ہو اور جس انداز سے چائے طلب کرتے ہو تو یہ انداز بھی آرہ سے قطعی الگ نہیں معلوم ہوتا ہے جبکہ دوسرے شہروں میں انداز بدل جایا کرتے ہیں عالم... تمہاری کھوئی ہوئی آنکھیں اور تمہارے اپنے لہجے کی تھکن تمہیں کبھی بھی آرہ سے جُدا نہیں کرتیں۔... تم اب بھی آرہ میں ہی ہو عالم... فرق اتنا ہے کہ اس اجنبی شہر میں ہم تصوّر تو کر سکتے ہیں مگر تمہارا مکان تمہارا کمرہ نہیں لا سکتے... میں بھی تمہارے ساتھ تمہارے اسی کمرے میں تمہاری عجیب و غریب باتوں سے لُطف اندوز ہو رہی ہوں... وہ چُپ ہوتی ہے... پتہ نہیں کیا سوچ کر نظریں جھکا لیتی ہے... میں بہت غور سے اُس کے سانولے سانولے چہرے کو دیکھتا ہوا اُنگلیوں سے لکیریں بناتا ہوا سوچنے لگتا ہوں میرا انتخاب غلط تو نہیں رہا... غلط تو نہیں رہا... آہستہ سے اس کے پیٹ میں گدگدی ڈالتا ہوں... تو کھلکھلا اٹھتی ہے... قہقہہ لگاتا ہوا مزید گدگدیاں اس کے پیٹ میں لگاتا ہوا کہتا ہوں... تو... ابھی اپنا ندیم نہیں آیا... مگر مجھے کہانیاں سُنانے کی بچپن سے عادت رہی ہے۔ اپنے چھوٹے عمر کے بچّوں کو لے کر بیٹھ جاتا اور انہیں گھنٹوں کہانیاں سنایا کرتا... تم مجھ سے ایک کہانی سنو گی۔ ایک پاگل کی کہانی... ایک بہت ہی عجیب شخص کی کہانی... جو ایک لمبی مدّت تک بچپن کے بے معنی قہقہوں میں زندگی تلاش کرتا رہا ہو ہر بات بہت دیر میں سمجھنے کا عادی تھا اور جب سمجھتا تو بات یا تو بہت آگے بڑھ چکی ہوتی یا بہت پیچھے چھُوٹ چکی ہوتی، جو قہقہوں میں جیتے جیتے اچانک زندگی کا راستہ بھُول گیا۔ قہقہے گم ہو گئے پھر وقت نے ایک دن وہ قہقہے اس کے سامنے زندہ کر دیئے... تم اس پاگل کی کہانی سنو گی تو جو روتے روتے ہنستا تھا اور ہنستے ہنستے رونے لگتا تھا۔ یعنی ایک لمبی مدّت تک وہ خود کو نہ سمجھنے کے جُرم کا شکار رہا... تو تو ہنستی ہے... زور زور سے ہنستی ہے... اور میں ذرا پیچھے لوٹتا ہوں... ذرا پیچھے... جہاں ایک ٹوٹا پھوٹا برسوں پرانا مکان مجھے صدا دے رہا ہے... اور اُسی مکان کے ایک چھوٹے سے صندوق نما کمرے میں چوکی پر ایک شخص لیٹا ہوا سوچ رہا ہے... شاید اتنی عمر میں آئی ہوئی بائیس خزاؤں کا حساب لے رہا ہے۔ گذرے ہوئے بائیس برسوں نے اسے کیا دیا ہے... لمبی تھکن کے سوا... کھوئے ہوئے قہقہوں نے اُسے کیا عطا کیا ہے

... زندگی کا وہ مفہوم جب انسان سنبھلتے ہوئے یہ سوچتا ہے... زندگی بغیر مضبوط سہارے کے نہیں کٹ سکتی۔ گھر کے بزرگ تو چند روزہ جنت ہوتے ہیں۔ زندگی گذارنے کا سلیقہ سکھا کر رخصت ہو جاتے ہیں اور یہ سلیقہ رہ جاتا ہے جسے ساری زندگی نباہنا پڑتا ہے اور اسے آنے والی نسلوں کے لئے بھی محفوظ کر لینا پڑتا ہے... اور بس یہی فلسفہ مجھے نتو کے قریب لے گیا تھا...

۳

جب آنکھیں کھلتی ہیں تو مکان کچھ کہانیاں سنایا کرتا ہے۔ یہ وہ کہانیاں ہوتی ہیں جو باپ داداؤں کے کارنامے کو بیان کرتی ہیں... اور تب مکان ایک مبلغ ہو جاتا ہے ... کہ سن رہے ہو یہ کہانیاں... وہ جو گذر گئے... انہی کے نقش پا کے پیچھے پیچھے چل کر تمہیں بھی تہذیب و تمدن کے اس پرانے مکان کو آباد رکھنا ہے۔ بچپن کے ننھے منے قدم آنگن میں دوڑے تو اقبال و غالب کی غزلیں سنائی گئیں۔ یہ غزلیں اتنی بار سنائی گئیں کہ زبانی یاد ہو گئیں... اٹھتے بیٹھتے صبح شام ادب کی ہی آغوش نرم و نازک تھی اور امی کی سے معصوم جھڑکیاں تھیں کہ اپنے ساتھ ساتھ بچوں کو بھی خراب کر دو گے... ابا حضور بس مسکرا کر رہ جاتے... یہ مسکراہٹ اتنی گہری ہوتی کہ سمجھنا آسان نہ ہوتا۔ ابا پھر مسکراتے ہوئے مجھ سے کہتے... یہ سلسلہ کوئی نیا نہیں بلکہ گھر کی پرانی تہذیب سے جڑا ہوا ہے۔ ... یہ غزلیں اور کلام کی باتیں جو میں تمہیں سناتا رہتا ہوں... بتاتا رہتا ہوں... پردادا نے دادا کو بتائیں... دادا نے ابا کو... ابا نے مجھے... اور میں تمہیں... اور یقین ہے تمہارے بعد بھی یہ سلسلہ قائم رہے گا... ہمیں اس بات پر فخر ہے کہ اس گھر کی اینٹیں پرانی ضرور ہو جاتی ہیں مگر ٹوٹتی نہیں ہیں... مگر ابا تے شاید کہنے میں کچھ غلطی کر دی تھی... پرانی اینٹیں جب مٹی کے تودے میں بدل جاتی ہیں تو بھر بھرا جاتی ہیں... ابا زیادہ تر باہر رہتے..... اور بچپن کے مست قدم گھر میں دوڑا کرتے، لٹو نچایا کرتے... آنگن کے بغل میں دادی اماں کا کمرہ تھا اوسارے کے پاس نانی اماں سوتی تھیں... ان دونوں

کی ڈانٹ کا پہتر ہر وقت مجھ پر برستا رہتا۔ گھر کے سامنے بڑے آبا کا گھر تھا۔ دوپہر میں بڑی اماں بھی آجاتیں... باجیاں امی اور بڑی اماں کو گھیر کر بیٹھ جاتیں... بیچ بیچ میں دادی اماں نانی اماں کی بوجھل آواز بس گفتگو میں روک لگا دیتیں... یہ سارے منظر مجھے یاد ہیں... یہ سارے منظر حباب جدا ہو گئے اور بظاہر کہانی نہیں لگتے... مگر یہ سارے کے سارے منظر اُسی لڑکے کی زندگی کی کہانی سے جڑے ہیں جس نے بے معنی قہقہوں میں کبھی اس طرح سے بزرگوں کی ڈانٹ کی اُس تمازت کو محسوس نہیں کیا تھا... مگر اچانک... وہ سارے کے سارے لمحے کہانی بن گئے... کمرے سنسان ہو گئے... آنگن سے لٹو اور گیند کا کھیل ختم ہو گیا... امی کی شفقتیں نیلگوں آسمان میں کھو گئیں... اور ابی کی غزلیں سناتے ہوئے معصوم ہونٹوں پر برف کی سل پڑ گئی... چہرے پر جھولتی ہوئی داڑھی معنویت سے پرے زندگی کی نئی خنک و تاریک سرنگ میں داخل ہو گئی... تو اچانک اپنا محاسبہ کرنے کو دل چاہنے لگا... پھر وہی کمرہ تھا جہاں سے شستہ قہقہے بلند ہوا کرتے تھے... اور اب وہی کمرہ سرمئی شام کے پھیلتے ہی دن بھر باہر آوارہ گھومتے ہوئے میرے تھکے ہارے وجود سے دریافت کر رہا ہوتا... آگئے تم... اتنی دیر کہاں لگا دی... اتنی اتنی دیر تک کہاں گھومتے رہتے ہو... کچھ دیر قبل بھابی تمہارے کمرے میں آئی تھیں... دیکھ رہے ہو... کتابیں سج گئی ہیں... ٹیبل بھی صاف لگ رہا ہے... آئینہ کی گرد پوچھ دی گئی ہے... اور شاید نغمی بھی آئی تھی... تمہاری ایک دو میگزین لے گئی ہے..."

نغمی کون ہے؟ آپ نہیں جانتے۔ نغمی میری چچیری بہن ہے۔ ہمارا بچپن ایک ساتھ گذرا ہے... نغمی سے میری ہمیشہ لڑائی رہی اور آج بھی لڑائی ہے۔ وہ میری کسی بات کو نہیں مانتی اور میں اس کی کسی بات کو نہیں مانتا۔ گذرے ہوئے شب و روز میں نغمی کے ساتھ میری کتنی ہی یادیں وابستہ ہیں۔ یادیں! حباب لمحہ لمحہ سو رہی ہیں اور مکان جاگ رہا ہے...
... میرا کمرہ جاگ رہا ہے... کمرے سے باہر نکل کر دالان تک کا سفر کرتا ہوں... لمبی گہری خاموشی... دوپہر ہو گئی ہے... گھر میں ہیں ہی کتنے لوگ... ابی کے کمرے سے قرآن پاک کی تلاوت جاری ہے... ابی زیادہ تر عبادت میں ہی مشغول رہتے ہیں۔ امی جب سے

گئی ہیں، ابّی نے خود کو عبادت کی دُنیا میں قید کرلیا ہے ... ہاں کبھی کبھی جب امّی کے کمرے سے ہوکر گذرتا ہوں تو ایک مخصوص آواز اچانک میرا راستہ روک لیتی ہے ... منّا بیٹے... ایک دم سے چونک پڑتا ہوں۔ امّی کو اب یاد نہیں کرنے کا عہدہ کر چکا ہوں۔ یادوں سے اشکوں کا جو تعلق ہے وہ مجھے پیچھے لَوٹنے نہیں دیتا ... بوجھل قدموں سے اپنے کمرے میں آجاتا ہوں ... کل تک یہ کمرہ ایسا بے ترتیب اور گرد و غبار میں ڈوبا ہوا نہ تھا۔ امّی تو پورے گھر میں ناچتی پھرتیں۔ ایک جگہ ٹھہرنا انھوں نے جانا ہی نہ تھا۔ ہر چیز قرینے سے رکھی جاتی ... میرے گندے کپڑے گٹھری میں باندھ دیئے جاتے ... صاف کپڑے الگنی پر ٹانگ دیئے جاتے۔ امّی بولتی بھی جاتیں اور کام بھی کرتی جاتیں۔ ہاں اُس وقت ایسا احساس ضرور ہوتا کہ امّی کے ساتھ ساتھ پورا گھر بول رہا ہے ... دروازے، کھڑکیاں سب کے سب بول رہے ہیں ... آتش دان بول رہا ہے ... باورچی خانہ بول رہا ہے۔ چمکتی ہوئی تلفیاں، طشتریاں سب کی سب بول رہی ہیں ... صفائی کے بعد والا گھر چیخ چیخ کر امّی حضور کے قصیدے بیان کر رہا ہے ... مگر اچانک ... دروازے کھڑکیاں سب خاموش ہوگئے۔ سب کے ہونٹوں پر قفل پڑ گیا ... دیواروں پر بے رونقی کے جالے تن گئے ... اور سب نے مل کر درد و غم کا گیت چھیڑ دیا ... اور سارا سُونا ہوگیا ... آنگن ویران ... دادی امّاں کے کمرے میں لوبان کی خوشبو پھیل گئی ... پرانے گیت نئے گیت میں ڈھل گئے ... اور میں آزردہ آزردہ سا اپنے کمرے کی پُراسرار ویرانی کو تک رہا ہوں جو مجھ سے امّی کا پتہ پوچھ رہے ہیں کہ وہ ہاتھ کیا ہوئے جو مجھے زندگی دیا کرتے تھے تو آنکھوں سے ٹپ ٹپ آنسوؤں کے قطرے میری سُوکھی ہتھیلی پر جذب ہوجاتے ہیں ننھی چپکے سے میرے سرہانے آکر بیٹھ جاتی ہے ... تم پھر رو رہے ہو۔ شاید دوسروں کے اندر رُخصت ہوئے بزرگ اس انداز سے نہ ہوں جیسے تمھارے اندر ہیں ... زندگی میں صرف پیچھے نہیں دیکھنا پڑتا بلکہ آگے ... اور آگے کا لمبا سفر طے کرنا پڑتا ہے ... شاید ننھی سچ کہتی ہے ... مگر اب دیر ہوچکی ہے۔ مَیں اپنے اندر اندر اس طرح اُتر چکا ہوں کہ اب ایکدم سے آگے نہیں بڑھ سکتا۔ آگے بڑھنے کی صورت میں وہی مخصوص آواز امّی کے کمرے سے نکل کر میرا راستہ روک لیتی ہے۔ تم مجھے

بھولتے جارہے ہو بیٹا۔۔۔ ماں کی شفقت اتنی کمزور تو نہیں ہوتی کہ دو ہی سال میں اُسے بھلا دیا جائے۔۔۔

امّی۔۔۔ امّی۔۔۔ میں پاگلوں کی طرح اس صدا کے پیچھے دوڑتا ہوں۔۔۔ مگر نہیں۔۔۔ کوئی نہیں۔۔۔ ہاں کمرے بول رہے ہیں۔۔۔ دروازے بول رہے ہیں۔۔۔ اور مکان بول رہا ہے۔۔۔ کہ اب اس گھر کا طلسم ختم ہو گیا۔۔۔ رونقِ بازار اٹھ گئی۔۔۔ سدا بہار قہقہے رخصت ہو گئے۔۔۔ ابّی حضور کی شاعری گونگی ہو گئی۔۔۔ ابّا حضور کے ہاتھوں میں جھرّیاں پڑ گئی ہیں۔۔۔ سو سال پرانی کہانیاں سنانے والے ہونٹ اب کمزور ہو گئے ہیں۔ پرانی داستاں کی کڑیاں جوڑنے والی آنکھیں اب دھند میں اتر گئی ہیں۔۔۔ اس لئے ابّا خود بھی ایک کہانی بن چکے ہیں۔۔۔ اور یہ کہانی ہمارے سامنے آنگن، اسارے میں چلتی پھرتی رہتی ہے۔۔۔ اور مکان کے کہنہ ہوتے ہوئے نقوش بولتے رہتے ہیں کہ عزیزم! جو کچھ ہو چکا ہے یا جو کچھ ہو رہا ہے۔۔۔ اُسے نوٹ کرتے جاؤ۔۔۔ نوٹ کرتے جاؤ۔۔۔ کہ سب ایک تاریخ بن چکے ہیں۔۔۔ جو باقی ہیں وہ بھی تاریخ بن رہے ہیں۔۔۔ عزیزم! نوٹ کرتے جاؤ۔۔۔ کہ تمہیں بھی ایک نئی کہانی شروع کرنے سے پہلے، گذری ہوئی پرانی کہانی سے استفادہ کرنا ضروری ہے۔۔۔ اِس لئے عزیزم جو کچھ ہو چکا ہے یا ہو رہا ہے اُسے نوٹ کرتے جاؤ۔۔۔ نوٹ کرتے جاؤ۔۔۔

۵

زندگی کو ایک ٹھہراؤ مل جائے تو نئی زندگی شروع ہو جاتی ہے۔۔۔ بتو کے آنے سے ایک نئی شروعات ہو گئی ہے۔۔۔ جہاں مجھے سروس ملی ہے وہ میرے لئے ایک اجنبی شہر ہے۔۔۔ پہلی بار اس پشتینی مکان کو چھوڑ کر اس اجنبی شہر کے لئے روانہ ہو رہا ہوں۔۔۔ تبدیلی در تبدیلی۔۔۔ شروعات در شروعات۔ زندگی تغیّر کا نام ہے۔ ٹھہراؤ کا نام نہیں۔۔۔ زندگی کی نئی شروعات مجھ سے ہولے ہولے کہہ رہی ہے۔۔۔ اُن آنے والے لمحوں کے بارے میں۔۔۔ جو ابھی آئے تو نہیں مگر جن کا اندازہ قبل سے ہی لگایا جا سکتا ہے۔

تو کہانیاں شروع ہوتی ہیں اور ختم ہو جاتی ہیں مگر مکان جاگتا رہتا ہے۔ بولتا رہتا ہے۔ نئے آنے والوں کو پُرانے آنے والوں کی کہانیاں بتاتا رہتا ہے ... اب یہ مکان بوڑھا ہو گیا ہے ... اور ابّا حضور گرتی ہوئی دیواروں کی جانب اشارہ کرتے ہوئے کہہ رہے ہیں ... کہ بیٹو! اب تم خود ایک مکان بن چکے ہو ... اس لئے کہ لڑکا جب بڑا ہو جائے اور شادی ہو جائے تو وہ ایک پُورا مکان ہو جاتا ہے ... اس لئے کہ وہ مکان میں ایک خاندان کو آباد کرتا ہے ... اور آباد خاندان مکانوں کو آباد رکھتا ہے ... ابّا خاموش ہو گئے ہیں ... آنکھیں گیلی ہو گئی ہیں ... پہلی بار ایک دَم سے نئی پہچان کے نئے سفر پر روانہ ہو رہا ہوں۔ بتّو کی آنکھیں بھری بھری ہیں ... باہر رکشہ کھڑا ہے ... سامان لاد دیا گیا ہے ... نم آنکھوں سے اُس مکان کو دیکھ رہا ہوں جہاں بچپن نے کبھی قہقہے لگائے تھے اور جوانی کے کتنے ہی خوبصورت لمحوں کو اپنی آغوش میں چھپا لیا تھا۔ وقت کے ساتھ زیبا اور نغمی سب ایک کہانی بن گئے ... بھیّا بھابھی دروازے کے باہر سامانوں کی گنتی کر رہے ہیں ... بھیّا کی تین سالہ لڑکی لبنیٰ مچل رہی ہے۔ بتّو کی گود سے اُترنے کا نام ہی نہیں لے رہی۔ بھابھی زبردستی لبنیٰ کو کھینچ رہی ہیں۔ بتّو بھی لبنیٰ کو چھوڑنا نہیں چاہتی۔ سسکیاں کچھ اور تیز ہو گئی ہیں۔ بتّو بھابھی کے گلے لگ کر رو پڑی ہے ... آنکھیں بھیگ گئی ہیں ... ابّا کہہ رہے ہیں ... بیٹی وہاں جا کر خط لکھ دینا ... مشرف تو بڑی ہو جائیں گے مگر تم یاد کر کے خط بھیج دینا ... میں خود خط لکھوں گا ابّا ... آواز بھرّا گئی ہے ... جاتے ہی خط لکھوں گا ... بلکہ روز ہی خط لکھا کروں گا۔ یہ الگ بات ہے کہ روز چھوڑ نہیں پاؤں گا ... مگر لکھوں گا ضرور ... اب اشکوں سے یاری ہو گئی ہے ابّا ... جب جب آپ لوگوں کی یاد آئے گی اس مکان کی یاد آئے گی ... اور مکان کے ساتھ جب جب پرانی یادوں کے سفر پر نکلوں گا تو جذبات مجھے چین سے رہنے نہیں دیں گے ... گلا بھر آیا ہے ... پہلی جُدائی کا منظر شاید ایسا ہی ہوا کرتا ہے ... رکشہ پر بیٹھے ہوئے بتّو کی سسکیاں کچھ تھم گئی ہیں ... آہستہ سے اپنا کانپتا ہوا ہاتھ اس کے ہاتھ پر رکھتا ہوں ... رکشہ آگے بڑھ رہا ہے ... وہ پیچھے مُڑ مُڑ کر ہلتے ہوئے گرموجی

ہاتھوں کو آنسوؤں کی پرورش میں دیکھتی ہے ... منظر آہستہ آہستہ دُھندلا پڑ رہا ہے ... اور اب نیا شہر ہے اور کرائے کا مکان ... تبو نے گھر کی خانہ داری سنبھال لی ہے۔ شام میں تھکا ہارا گھر آتا ہوں تو آنکھیں پُرانے مناظر کو تلاش کرتی پھرتی ہیں تو ایسے میں چائے کا کپ ہاتھوں میں لئے ہوئے تبو مجسّم سوال بنی میرے سامنے آ کر کھڑی ہو جاتی ہے ... کہ عالم! ایک بات پوچھوں ... تمہاری آنکھیں ہر وقت کسے ڈھونڈتی رہتی ہیں ... تلاش کرتی رہتی ہیں ... یہ سچ ہے تبو کہ اب میں نئے امکانات کی فضا میں داخل ہو گیا ہوں ... مگر سچ بولوں تو مکان کی بڑی یاد آتی ہے ... اور اس کمرے کی جس کی ویرانی تم نے چُرالی تھی ...
وہ حیرت سے میری آنکھوں میں جھانکتی ہے تو اس کے رسیلے ہونٹوں پر دن بھر کی تھکان رکھ کے کہتا ہوں ... تم کبھی نہیں تبو ... زندگی میں ایک وہ بھی جنّت ہوتی ہے جب آدمی کچھ بھی نہیں ہوتا اور سب کچھ اس کا کمرہ بن جاتا ہے ... دوست، رفیق، سب کچھ ... کبھی زیبا اور نغمی بن کر تسلّی دیتا ہے ... کبھی بزرگ بن کر سہارا ... اور کبھی "تم" بن کر محبّت کے ایک نئے باب میں داخل ہو جاتا ہے ... سچ تو یہ ہے تبو کہ اُس کمرے کی یاد بے پناہ ستاتی ہے ...

تبو کھلکھلا کر ہنس پڑتی ہے ... "تمہارے فلسفے" ...

یہ فلسفے ہمیشہ زندہ رہیں گے تبو کہ اب میں نئے سرے سے ایک مکان بن چکا ہوں ... ایک پختہ مکان ... اور محسوس کر رہا ہوں کہ یہاں سے ہزاروں میل کے فاصلے پر جو میرا مکان ہے وہ اب بھی مجھے صدائیں دے رہا ہے بلا رہا ہے ... کہ تم میرے ہی آنگن میں کھیلتے کھیلتے بڑے ہوئے ہو ... اور اس بے لوث رفاقت کا تقاضہ ہے کہ تمہیں اپنے لئے اُسی کے خمیر کو پسند کرتا ہے ..."

تبو اچانک میرے ہونٹوں پر انگلی رکھ دیتی ہے ... نہیں ... نہیں ... آگے کچھ مت کہنا ... اُس کی آنکھیں نم ہیں ... پتہ نہیں کیوں میری موت کی بات وہ برداشت نہیں کر پاتی ہے ... کچھ دیر کے لئے میں بھی چپ ہو گیا ہوں۔

... کہوں تو کیا کہوں... کہانیاں شروع ہوتی ہیں اور ختم ہو جاتی ہیں... مگر مکان جاگتا رہتا ہے... اور میری خود خواہش ہے کہ جب بتو نئے اجنبی کی آمد کی خوش خبری سُنائے تو اُس سے اتنا ضرور کہوں... کہ میرا کمرہ تمھیں آواز دے رہا ہے بتو... پتہ نہیں کیوں ایک عجیب سی خواہش ہے کہ جس کمرے میں میری خوشیاں جوان ہوئی تھیں اور میری سوچوں کو ایک نیا رُخ دیا تھا موڑ دیا تھا اور آج مجھے ایک مقام سے نوازا ہے... وہی شوخیاں اُس کمرے میں آنے والے اجنبی کے اندر بھی داخل ہو جائیں .... اس لئے چلو بتو... اپنا مکان مجھے آواز دے رہا ہے... چلو... چلو... چلو...؟

گلبن ۱۹۸۷ء ◆◆